全民微阅读系列

蘑菇转了一个弯

王凤国 著

江西高校出版社

图书在版编目(CIP)数据

蘑菇转了一个弯/王凤国著. —南昌:江西高校出版社,2017.10(2020.2重印)

(全民微阅读系列)

ISBN 978-7-5493-5769-7

Ⅰ.①蘑… Ⅱ.①王… Ⅲ.①小小说—小说集—中国—当代 Ⅳ.①I247.82

中国版本图书馆 CIP 数据核字(2017)第 215537 号

出版发行	江西高校出版社
社　　址	江西省南昌市洪都北大道96号
总编室电话	(0791)88504319
销售电话	(0791)88592590
网　　址	www.juacp.com
印　　刷	永清县晔盛亚胶印有限公司
经　　销	全国新华书店
开　　本	700mm×1000mm　1/16
印　　张	14
字　　数	180千字
版　　次	2017年10月第1版 2020年2月第2次印刷
书　　号	ISBN 978-7-5493-5769-7
定　　价	36.00元

赣版权登字-07-2017-1037

版权所有　侵权必究

图书若有印装问题,请随时向本社印制部(0791-88513257)退换

目录 / CONTENTS

青春往事　　　/001

寻找我的初恋情人　　　/004

借来的爱情　　　/007

吴月双的爱情　　　/009

虫咬的苹果叫爱情　　　/012

爱情是个狐狸精　　　/014

爱如雪　/016

爱情的处女红　　　/018

我不能做你的新娘　　　/021

匣子里的爱情　　　/024

为你而醉　　　/027

让天使陪着你入睡　　　/029

与月饼有关的爱情　　　/030

给菜多加了一把盐　　　/032

爱上你的烟　　　/034

狗命　/036

婚姻是一碗汤　　　/039

棋盘上的爱　　　/041

地瓜香　/043

戏迷　/046

外遇　　/048

与天堂之间的距离　　/051

爱情的阳光一片灿烂　　/054

去看看伤害过你的人吧　　/056

抱新娘　　/058

你在心就安　　/060

一念之差　　/062

裂缝流处是快乐　　/064

寻找施予的快乐秘方　　/066

水缸里的希望　　/069

蘑菇转了一个弯　　/071

生活禅　　/073

经验的陷阱　　/078

刀疤为鉴　　/080

鞋匠与上帝　　/082

小人物　　/084

桃花盛开　　/086

深夜抢劫　　/090

谁伤害了雪儿　　/092

蝴蝶梦　　/095

进城讨饭　　/098

城市综合征　　/100

残疾人　　/103

有没有生命可以重来　　/106

书法家易林　　/109

噪音问题　　/116

好人　　/118

人民的羊　　/121

进城杀羊　　/124

张三讨债记　　/127

历史　　/130

书法家　　/133

领导感觉　　/135

打工　　/136

弄丢名字的女孩　　/139

绝路　　/141

爱情能够让谁付出勇气　　/147

污水　　/149

陪县长喝酒　　/151

老人与科长　　/153

游移　　/157

黑夜里的歌唱　　/159

心锁　　/163

人间温暖　　/167

母亲的一只鸟　　/169

目光里的温暖　　/170

眺望东方的女人　　/173

拯救　　/177

家园　　/180

远方的地震　　/183

鱼头　　/187

一个人的土路　　/189

漫天黄花　　/197

叶枫和她孩子　　/206

女孩的湖　　/211

剿匪　　/215

青春往事

高中的我是校园里的一只流浪猫,逃课迟到是家常便饭,天天怀抱一本世界名著,任凭我作家的梦想轻舞飞扬。

班主任几次找我谈话,问我到底住不住校?我告诉班主任,寝室那些臭袜子臭鞋子,还有如雷贯耳的呼噜声我无法忍受,所以,我依然做我的走读生。因为学校离家很近,我只需要穿过一条商业街就可以到学校。可是即便是这样,我还是经常迟到。

班主任不得不给我下最后通牒,不住校可以,但不允许迟到。我嘴上答应着,但却依然我行我素,迟到 10 分钟是家常便饭,最后老师为了惩罚我,只要我迟到多久,便让我在教室门口站多久。

我开始经常站在教室门口站岗放哨,迎接同学们用目光做的炮弹或利剑。我孤军奋战,用冷漠孤傲来反击他们。后来,我感觉他们是一群无聊的笨鸟,和他们一般见识是一件无聊的事。

当这群笨鸟再朝我张望时,我已经在他们眼皮底下溜走了。这时候我已在操场上自由漫步,欣赏别的班级在操场上体育课。有时候,我还可以混进他们的球队,踢上两脚,但常常被他们不友好地赶出来。

她就是在这个时候撞进了我的视线。她身穿运动服,文静,手捧一本书,在操场一棵梧桐树下看书。在这以后的日子,我常常在操场上与她相遇,次数多了便和她熟悉了,知道她叫莫小艾,是邻班的,和我一样,也是因为迟到,常常被老师罚站。我心想,我这样的男生都受不了他们的嘲讽,更何况一个女生,怎么受得了这帮乌合之众幸灾乐祸的眼神!

我和小艾慢慢地熟悉了,到后来互称难友。我问她为什么常常迟到,她笑而不答。这激发了我的好奇心,我决定做一次神秘跟踪,看看这样一个爱看书,很文静的女生,为何会像我一样经常迟到。

我的跟踪是在一天中午放学开始的。

我提前奔出校门,在一个地方躲避好,等待小艾的出现。终于,小艾出现了。让我没想到的是,她一直步行走在小路上,走出小路,又穿过闹市,最后,走进很窄的小巷进了一家小院,那是一家很旧的小院,房子是瓦房,已有些年历史。我在想,是应该进去看看,还是应该转身离开,正在犹豫时,小艾突然开门,我来不及躲藏,满脸的歉意,尴尬地说了句,你住在这里?小艾白了我一眼,便把门关上了。我猜想,她是生气了。

后来,我还是和小艾成了朋友,她也断断续续地告诉我一些关于她的事,她的父亲是一名矿上的领导,在一场矿难中受牵连入狱,母亲改嫁。她主动从省城的重点高中回来,边在小城学习边伺候体弱年迈的奶奶。知道小艾的经历后,我突然觉得,原来我与小艾的迟到原因是这样的天壤之别,心中突然对这个女孩子产生了一点怜惜。

我问小艾,为什么不买辆自行车?这样,也免得上课迟到。小艾笑而不答,我知道,也许我不该问,因为在那个年代,一辆自行车也算是奢侈品了。

看着小艾,我想都没想,就说,我们相隔得不远,以后,我就负责来接送你吧。

小艾高兴地答应了,两颗年轻的心简单而真实地快乐着。

我们相约不再迟到,我的自行车成了小艾的专车,我则成了小艾的车夫。我们成了无话不谈的朋友,我们在自行车上挥洒着青春和快乐。

　　青春期的萌动是谁也阻止不了的,我发觉自己慢慢地喜欢上了小艾,喜欢她的纯洁,喜欢她的快乐,喜欢她看书时的样子,她再也不迟到了,而我,也因为小艾,成了班级里不被别人讨厌的男生了。

　　一直很想告诉小艾我的想法,我偷偷地给小艾写信,但一次又一次地撕掉,因为我不想因为自己的唐突而破坏了我与小艾的关系。再数次地写信撕信后,我终于鼓起勇气,在一次送她回家后,我把信丢给了她,然后,狼狈地逃掉……

　　我不愿发生的事情还是发生了,小艾不再让我送她。她变得冷漠、陌生。我后悔自己不该给她写信,让原本单纯快乐的生活离我越来越远了。

　　小艾突然拒我于千里之外,让我内心有些无法接受,曾经以为小艾可以让我变得成熟,没想到,在离开她的时候,那个曾经叛逆的男生又重新回来了,我告诉同学们小艾的事情,我告诉同学们,我与小艾谈恋爱,因为种种原因又与她分开。我诉说着自己内心里最不真实的想法,我觉得伤害她,也许是我最好的解脱办法。那个迟到、逃课、玩世不恭的男生又重新出现了。

　　小艾最终还是给我回了一封信,上面写着:我们该好好谈谈了。

　　我们相约在校园后面的小树林,见面的结果是,我们谁也没说话,先沉默,后来她大哭,哭得我魂飞魄散六神无主。我知道她为什么哭,因为我的话伤害了她,她一直不愿意告诉任何人她的家庭,她的生活,而我在知道她的秘密后,毫无顾忌地告诉了别人。看着她伤心至极的样子,我心痛极了,后悔极了……

后来，我再也没有见到小艾，仿佛一夜之间蒸发了。后来我知道她的奶奶去世了，她又回了省城，我知道她想与我谈谈其实也算是跟我道别了。

时过十年，我在一次偶然的会议上和小艾相遇。她变得成熟、风韵、楚楚动人。我向她忏悔我当年的幼稚和对她的伤害。她笑笑说，已经忘记了。

那天，我说我想借辆自行车，带她在省城里转一转，她没有拒绝。点头间，我们双眼间飘起了烟雾，青春的往事又在我们脑海中慢慢展开。

寻找我的初恋情人

在某个季节的清晨，我的初恋情人忽然离我而去，留下来的是昨日给她买的那件红色连衣裙。我望着这件连衣裙，寻思，我一定要把她找回来。

我辞掉了工作，在省城每个角落，仔细地寻找。一天，在一家酒吧我与他相遇了，他是一家电视台的主持人，主持"情感热线"这个栏目。他听了我的遭遇后，被深深感动了，他说，我尽最大的努力帮你。第二天，我便被邀请去电视台做节目。节目是现场直播。现场直播就有许多热线打来，当然，大都是一些女孩，有的人问我俩相爱几年了，有的人问我们吵架了吗，有的人问我真心爱她吗，我对她们的提问一一做了回答。我说我们相爱三年了。我说我们从来没吵过架。我说我爱她是海枯石烂不变心，沧海桑田不移情。到节目结束,我走出电视台,电视台门外已站了好多女孩,她们说她们是为爱情而来的。我说我不是你们要找的人,便匆匆逃离了那儿。我想我是不能再在这座城市待了,我已失去了原先的平静,我预感她也不在这座城市里。

次日,我又向另一座城市出发了。我心中的疑惑愈来愈多。我要问问她,为什么无缘无故地离开我呢?我开始回忆和她在一起的每一个细节,但这些细节都构不成她离去的理由。我停停走走,我压根儿就把时间忘了,我算不清我寻找的天数,我也不想算了,我知道,一算就会给我带来恐惧感。

我来到了B市。我接受了前面的教训,我没像以前那样张扬,只是静静地寻找。在这中间,我认识了一个女人,女人四十了,可看上去只有三十多岁,不论女人哪一方面,让男人都有怦然心动的感觉。女人开了一家咖啡馆,我便常去那儿喝咖啡。女人说,这座城市的男人都很富,可女人过得都很苦。

我问,为什么?

女人说,钱是男人身上的翅膀,有了翅膀男人就飞了。

我听罢就笑了。我喝了一小口咖啡。

女人说,看男人喝东西真是一种享受。其实女人对男人要求不高,只想让男人陪女人一块儿吃吃饭,说说话儿。

我说,你很现实。

女人说,可男人一有钱就忙了,忙得不和我见面了。

我说,真是没办法的事。

女人说,可我不傻呀!我受不了,我知道他在忙什么。

我问,你离了?

女人点了点头,我发现女人的眼睛很明亮,有颗珠子掉在了地上,震得我的心很痛,我问女人有何打算。

女人明白我的意思,女人说,再也不想结婚了,只想找个情人。

我问,为什么?

女人说,为了能天天看你喝咖啡。

我听了就笑了。女人也笑了。

后来,我还是离开了B市,继续寻找我的女友。我感觉在B市待的时间有点儿太长了,腿脚不如以前有力了,不过不要紧,我拿出女友的照片,照片上女友依然春光灿烂,风姿秀逸,我看了女友的照片,那颗不死的心像干草逢火星一样复燃了,我向开咖啡馆的女人告别,这个女人是唯一知道我来B市的目的的人。那天,女人哭了,女人说再也看不到我喝咖啡了,说找不到就再回来。我说,好的。

我开始了更艰难的跋涉。不知过了多少年,我已用三条腿走路了。当我在一个农户门前休息时,从大门里面蹿出一条狗来,狗朝我凶叫。紧跟着从里面走出来一位老太太,老太太叫道,奉国,不要朝客人乱叫。

这名字像雷一样在我脑中炸开了,我明白了,明白了我就问,你为什么给狗起了个人的名字?

老太太说,我在寻找。

我问,寻找什么?

我想问一些问题,我看到了老太太满脸皱纹和满头白发,我不相信这是真实的,我情愿把她当成一个梦境,寻找只是我活着的理由。

我扶着拐杖继续前行,我掏出了她的照片,照片已泛黄了。这时,从我背后跑来一个孩子,孩子拿了一个馒头,孩子说,老爷爷,这是我奶奶让我给你的。我转过身,眼前已是模糊一片。

借来的爱情

有朋友给女孩介绍对象，两人相处一段时间后，女孩就有些不愿意的意思，不愿意的原因也不是因为男孩不好。男孩很优秀，是个大学生，单位、外貌、人品也都不错，唯一不足的是，男孩的家庭背景不好，父母都在农村，也就是说，男孩的父母不能给男孩什么，属于穷困型那种。

母亲看出了女孩的心事，就把她拉进跟前，说，我给你讲个故事，怎么样？

女孩心情正烦着呢！听了母亲这样一说，就点头同意了。

母亲就讲了下面的故事。

20世纪70年代，有户人家，家里非常穷，家里的孩子又多，最大的男孩都三十多岁了，还没对象，当时母亲很急，找了很多媒人给他说媳妇，但人家看了看男孩的家境就摇头了。男孩很有骨气，说，妈，你别给我操心了，大不了我打一辈子光棍，也不抱怨你。说罢他就扛起锄头到地里干活去了。

这天，男孩正在热火朝天地锄地，母亲慌慌张张地跑来，说，孩子，先歇歇，跟我走。男孩说，干什么？母亲说，相亲去。母亲说完就拉男孩往家里赶。

到了家，媒婆早在那里等着呢！这个时候，男孩和母亲才想起来家里什么都没有，连身合适的衣服也没有。媒婆也看出来了男孩的尴尬，说，不怕，你先洗洗头，我去去就来。

等男孩洗好，媒婆也回来了。媒婆说，你看看，都有了。原来媒婆给男孩借来了衣服，还给他借来了一辆新的自行车。男孩就赶紧换上了，跟媒婆到村头见女孩去了。和女孩碰了面，媒婆简单介绍下，说，你们聊聊吧！就走了，这时，男孩才定眼看女孩，发现女孩非常漂亮，男孩就在心里打鼓，完了完了，这次又没戏了。接下来，男孩就语无伦次地说了一大堆话，说的什么男孩自己也记不清了，男孩只记得女孩光笑，最后，男孩不想欺骗女孩，就直截了当地对女孩说，对不起，其实我家很穷的，这衣服和自行车都是我借人家的。

女孩听了还是笑。

男孩说完这话，头也不回地骑上自行车就走了，也不知道为什么，男孩回到家，就把自己关在屋里，大哭了一场。

没想到的是，过了几天，媒婆跑来说，上次见的那个女孩同意了，我来问问你们还有什么意见？母亲和男孩都非常意外。这次不能再借了，母亲就赶紧把家里能换钱的东西都卖了，为男孩做了身新衣服。

去女孩家那天，女孩一家人都在家等着。女孩家就在邻庄，进了女孩家，男孩有种熟悉感，女孩的哥哥出来迎接，看到女孩的哥哥身上的衣服，还有门口那辆自行车，都好像在哪里见过。这时，女孩偷偷地扭了男孩一下，小声地说道，怎么？刚借完就认不出来了。

这一句话让男孩感觉自己的脸烫烫的。

结婚那天，女孩才告诉男孩，知道我为什么愿意吗？我天天去上班，路过你们村口，常常看到你在地里热火朝天、大汗淋漓地干活。天那么热，很多小青年都在阴凉的地方歇着，唯独你在那里干，我观察你多次，我感觉你是一个可以依靠的男人，是你的勤劳打动了我,还有你那天的诚实。我以前把我的自行车和我哥哥的衣服借给过很多人,但他们都说是自己买的。

原来媒婆是女孩的姑妈。这场相亲是女孩一手策划的。

母亲最后说,这个就是我和你爸爸的爱情故事。

母亲说,孩子,穷也不要紧,但只要穷得有骨气,穷困都是暂时的。

母亲的话说得女孩的脸红红的。女孩说,妈,我知道该怎么做了。

吴月双的爱情

我和吴月双一个村,吴月双是我们村最漂亮的女孩,但我感觉吴月双的漂亮是可怜的,像春天屋檐底下的小草,你只能感觉到春天的气息,却感受不到春天的阳光。

我和吴月双高考落榜后,我们一起进了镇上一家食品厂打工,在那里都是来自天南地北的少男少女,没多久,我们就熟悉了,但吴月双还是和我比较亲近,毕竟我们是同学,还是一个村的,用我的话说,就是可以掏心掏肝的那种信任。下午下班,我、吴月双和几个女孩一起打牌。吴月双告诉我,千万不要说出去,要不就没下次了。那次打牌,我输得一塌糊涂。那天,吴月双刚从厂洗澡间出来,只穿了短裤和背心,雪白的大腿和胳膊尽收在我眼底,晃动着我的春心,如湖上一只摇摆的小船,我真佩服吴月双,在校园时,她把自己的美丽掩盖得严严实实,不露声色,真称

得上城府极深,但现在吴月双真可谓是小荷才露尖尖角,早有我这只蜻蜓立上头了。我们打到太阳落了山,兴奋地让我忘记了时间,忘记了地球在转,忘记了日月星辰,是吴月双的母亲把我从遥远的幻想中拉了回来,她来找吴月双,当着我们的面把她骂得狗血喷头,才走出校门几天,就要学疯了。我们面面相觑。我在心里大骂,这个母老虎。

以后的日子,吴月双变成了按时回家的好孩子,让那些对她借打牌打她主意的男青年也彻底断了念想。

一天,吴月双跟姐妹们去了一趟县城,买回来一条裙子,裙子很短,也很艳丽。当时姐妹们都喊好看,说这条裙子就是给吴月双设计的,经不住众口赞美,她就买了下来。吴月双穿上新裙子问我好看不,我看了看,这么短,把吴月双饱满的青春无限地展现出来了,我完全忘记了她的问话,我泡在吴月双的美丽里面不能自拔。我在心里说,我要吴月双做我的女朋友。真是一件奇怪的事,一条裙子就能让我爱上一个人。我把这个野心告诉了我的母亲,家里人一致反对,原因不是吴月双不好,是她的母亲人品不好,脾气不行,你要摊上这样的丈母娘,还有你的日子过。这个念头就这样在家庭的反对下熄灭了。记得吴月双那件短裙也就穿了一次,原因是她母亲说这裙子有些伤风败俗。吴月双的美丽一次次在青春的欲火里生长,又一次次被她母亲的臭骂的冷水浇灭。吴月双的青春是孤单的,是身不由己的,当一个人的美丽不能在最美妙的时光里挥霍掉,就是被无情地浪费,这是一件多么无奈的事。

后来,吴月双还是暗度陈仓,谈了个男朋友,但最终还是让她母亲否决了,我认为,吴月双的爱情只不过是为孤独的青春寻找一点色彩,她在恋爱的时候,就对那男孩子说,我会伤害你的,我会伤害你的。单纯如水的男孩子怎么会深悟这句看来莫名其妙实则暗藏玄机的话。也许男孩在失恋后，躺在床上，像狗一样，舔着爱情的伤口，会读懂吴月双的这句话。我心中有股阿Q式的快感。

后来，吴月双告诉我，她能像其他女孩子一样，有一场恋爱就知足了，哪怕没有结果，这样也算没枉费青春一场。

吴月双最后在母亲的主张下，嫁给了一个自己不喜欢的男人，但这场婚姻只维持了一年，最终不欢而散。

离婚后的吴月双离开了故乡，去了南方的一座发达城市打工。十年后的今天，我去南方那座城市出差，在一家酒吧见到了吴月双，让我吃惊的是，现在的她阳光妩媚，穿着时尚，透出一种成熟和高雅，还有一丝的俗艳。让我们实在无法和十年前的那个青春女孩吴月双联系起来。吴月双告诉我，她在这里开了这家酒吧。我很欣赏她的能力，那天我们在一起喝酒，边喝边聊。我们从童年聊到校园，从校园聊到那家食品厂，又聊到她不幸的婚姻。

当我醒来的时候，我发现自己赤裸地躺在一张床上，身边还有一个赤裸的吴月双，她微笑着看着我说，放心，他要过半个月才回来。

我知道她说的他指的是谁？我没有问。

吴月双说，这一刻，我知道你等了十年了，想得到而得不到的感觉是最难受的。这个感觉在十年前我们就已经体会到了。

我紧紧抱住吴月双的身体。

吴月双说，女人失去的终要找机会补偿回来，哪怕是付出惨重的代价。

她的话，让我想起股市一句不恰当的比喻，叫报复性反弹。但这仅仅只是反弹啊，而不是反转，我想。

虫咬的苹果叫爱情

　　他和她是大学同学,也是一对恋人,是同学们很羡慕的一对儿。他们很相爱,那时候他很穷,手上也没几个钱,她最喜欢吃苹果,他就去市场上给她买让虫咬的苹果,虫咬的苹果很便宜。苹果上有虫子咬过的小窟窿,像长满了可爱的小眼睛。他也想买好的,但好的太贵了。当他把虫咬的苹果送到她跟前的时候,她很生气,认为他也太小气了,买这么孬的苹果,让她在同学面前没有面子。他笑着说,带虫眼的苹果没打农药。说着,他就拿把水果刀,把那些虫眼全部仔细地挖掉。然后,他开始给苹果削皮,削得很认真很执着。她愣住了,因为他竟然能把苹果皮削得很长,薄得像面片,一直削到最后都没断开。当他把一个削好的苹果给她时,根本就看不出来苹果让虫咬过,苹果就像脱了一层外衣一样。

　　后来,她渐渐地迷恋上了让他削苹果。因为她喜欢看他削苹果的样子,像是在制作一件艺术品。一次学校搞一次文艺活动,他给同学们表演了削苹果。当他把一条薄薄长长的苹果皮拉开的时候,全场的同学们都惊愕住了。同学们向他提出疑问,为什么能把一个苹果削这么好?

　　他简单地回答,用心和爱去削。

　　全场的同学立即爆发出热烈的掌声。

　　后来,他们大学毕业了。两人为了留在这座美丽的城市,都拼命地找工作,很快都找到了合适的工作。那时候他在为事业拼搏,很劳累很繁忙,他陪她的时间自然就少了,只有晚上才有机会聚在租来的小屋里。晚上,他总是躺在床上,很疲惫的样子。她让他为她削个苹果。他苦笑着说,我明天还要上班呢!睡吧!她感觉他不怎么爱她了。她就常常回忆起大学的时光,回忆起他给她削苹果的情景。她有了一种空空荡荡的感觉,怪怪的。

他很快在公司成长起来,每天都有很多的业务,日子过得忙忙碌碌。有时他也出差,去很远的城市,一连几天不回来。

他不在的日子,她有点寂寞和失落。这个时候,她的上司走近了她。上司是一个成熟稳重的中年男人,上司的魅力吸引了她。上司常常给她买很多的苹果,都是非常好的那种,没有虫眼,皮很光滑,也不需要削。她感动了,终于在一次偶然的机会,她出轨了。事后,她感觉自己对不起他。她懊悔不已,恨自己不该那么冲动。

他出差回来,她把自己的不忠告诉了他。她想好了,他要是不肯原谅她,她就和他分手。因为她不想再欺骗他的感情。他知道了这件事情,沉默了半晌,说,我给你削个苹果吧!他拿了一个满是虫眼的苹果开始削。先仔细地把虫眼一个个地挖去,然后开始给苹果削皮。她看着他削苹果,想到了初恋,想到了校园,想到了和他在一起的美好日子。更让她想不到的是,他给苹果削皮依然是那么熟练那么专注,他把一个削好的苹果递给她,说,我们不能因为苹果有了一个小小的虫眼,就把它扔掉,那样的话,就太可惜了啊!一个果实毕竟经历过开花、授粉,不容易啊!我们削掉虫眼,依然可以吃啊!

她流泪了,她知道,这个带虫眼的苹果就是他们的爱情啊!

爱情是个狐狸精

我失恋了，心情很不好，那一段时间整天唉声叹气的，干什么也没劲。母亲看出我有心事，就让我坐到她身边，说要给我讲个故事听。我说好啊！我现在心烦着呢！母亲就讲了下面的故事。

母亲说是有个秀才爱上了一位女子，爱得很深。用现在的话说叫痴情。女子是秀才在进城的路上邂逅的。女子说她父母都病故，没什么亲人了。秀才就把女子带回家。两人就成了夫妻。日子过得很平静，但没多久，秀才开始消瘦，脸也没有以前精神了，病恹恹的。有一天碰巧有个和尚从秀才门前路过，感觉秀才家有股妖气，看了秀才的脸色，和尚什么都明白了，就对秀才说，你赶快离开这个女子，否则你的性命难保。秀才问为什么。和尚就如实说了。

秀才一听吓坏了，说，我娘子怎么是个狐狸精呢？

和尚说，出家人不打诳语，你去问问她吧！

秀才真的去问了。女子也如实告诉他，说，我对不起你呀！我欺骗了你，我是一只千年的狐狸，修炼了五百年才变成人形的。

秀才当场就吓晕了。

后来，和尚做法。人与妖是不能生活在一起的，这是天理难容的。秀才知道要和娘子分手了，两人都哭得死去活来。后来，那个女子真的离开了秀才，这是没有办法的事。离开了娘子，秀才病得更厉害了。那个女子在另一个世界也看不下去了，就托梦给秀才说,我的阴魂会降落在邻村任员外家的任小姐身上,不过她也不知道,这件事不能对外讲,你明年去赶考吧,中举后去任员外家提亲,把任小姐娶过来。秀才听了这话,病果然一夜之间就好了,病好后,就在家挑灯夜读。第二年春天去京城赶考,果然中了功名。回家就找人去任员外家提亲,任员外见来人给秀才提亲,知道他现在中了功名,很高兴,就同意了这桩亲事。后来,秀才就和任小姐结了婚,幸福地过了一生。这件事情本来就这样完了。可是后来,也就是在秀才暮年的时候,有个女子来看他,见到这女子,秀才惊呆了,这不是他原来的娘子吗?那女子告诉他,我现在已经修成正果了。秀才问当年你不是说你的阴魂在任小姐身上吗?女子说,当年我实在看不下去你承受相思之苦,就故意向你撒了个谎。秀才什么都明白了,就笑了。

故事到这里就结束了。母亲摸了摸我的头说,道理在其中,自己慢慢琢磨吧!

我猛然明白了,这是母亲在用故事教我啊!

母亲说,在这个世界别说谁离不开谁,如果是那样人还怎么活?人活在世上,谁没经过失恋呢?当然我们谁也没有狐狸精做得优秀。我明白了,失恋难免,你要勇敢地放弃,试着再去爱另一个人!只要你心中有爱,你就当爱情是个狐狸精,你旧情人的阴魂跑到另一个人身上去了。

爱如雪

他和她是同事,但他们的背景却有着天壤之别,她是个从农村出来打工的普通女孩。而他就不同了,他是个大学生,他的父亲还是这家公司总经理。他们之间的悬殊让大家看来是不会有什么故事的,但他出人意料地爱上了她。他的爱大胆奔放而又浪漫,他请她吃饭,送她鲜花,送她礼物。同事们都羡慕极了,特别是公司的姐妹,更羡慕得不得了,这是姐妹们多么渴望的姻缘啊!姐妹们都说她的幸福来了,让她千万要把握住这次机会啊!但她无动于衷,姐妹们很不理解她,认为她脑子肯定是出了问题,像她这样从农村来的女孩,能在城市立足就很不错了,更别说找个他这样有学历有家庭的男朋友了。

她听了姐妹们的劝告,只是微微一笑,说,你们不懂什么是真正的爱情啊!姐妹们都莫名其妙地摇了摇头说,你是个十足的傻瓜。

他是个大气的男孩,并没有因没能得到她的爱而产生抱怨,他还让父亲把她调进了同事都很羡慕的财务处。这时候大家才明白,原来她是另有图谋啊!同事嘲笑她,还以为她真懂什么爱情呢!他这样做以为她会大受感动,接受他的爱情。但她没有。他问她为什么,她没说,他实在是琢磨不透她了,他就找朋友去蛊惑她,说他的优势他的前途他的家庭,说和他在一起会有享不尽的福。他以为这样她就会心动,他错了。她还是无动于衷。朋友只好无功而返。姐妹们都说,她是嫌得到的不够,等着吧!她想在他身上得到更大的好处呢!

后来,他的父亲因涉嫌经济问题被抓了,进了班房。他的处境一落千丈,他也被迫离开了这家公司。

她对姐妹们说,如果他还愿意娶我,我愿意嫁给他。姐妹们对她的话万分惊诧,不可思议,姐妹们说,你有病啊!当初,他什么都有的时候,你不愿意,现在,他一无所有了,你还要嫁给他啊?

她说,你们不明白什么是爱情的。

姐妹们笑着说,爱情?你的爱情简直就是一种病。

她说到做到,她找到了他,他惊喜而又迷惑不解,他想不到在这祸不单行的时候,还能等来她的爱情。随后,他冷静地劝她不要嫁给他,现在他让大家羡慕的资本已经一无所有了。她说,我要的不是这些,我要的是你啊!是真真正正的爱情,像雪一样纯洁的爱情。

他听了她的话,很感动,泪水划过了脸颊。

他和她结婚了。朋友们都来参加他们的婚礼。在婚礼上,她说,有人说爱情是一种病,其实,是世俗的功利让你们心中美好的爱情病了,病得丑陋至极,不堪入目。我的爱情没有病,我认为我的选择是最正确的,现在虽然一无所有,但我们拥有最美好的爱情。

朋友们为她的话感动着,随之响起一阵雷鸣般的掌声。

她没有告诉他,是她举报了他的父亲,是他把她调进了财务处,让她发现公司账目的混乱。

爱情的处女红

他大学毕业，应聘到一家国企当了技术员。他因家庭经济条件不好，在校园时，只顾发狠地学习，错过了在校园里恋爱的机会，望着那些热恋的同学，他只有羡慕的份儿。现在一切都稳妥了，找个女朋友是他现在最迫切的想法。他也知道，这事急不得。幸好公司里的女孩并不少，经过一段时间的认真观察，他看中了一个叫惠的女孩，因为这女孩有种让他怦然心动的感觉。他深深地喜欢上了这个女孩。每次他从惠身边经过，他感觉脸肯定红了。这个小小的细节还是让车间吴主任发现了。吴主任轻轻地拍了一下他的肩，语重心长地说，年轻人凡事都要谨慎啊！这一拍，他的心一下子发紧了，他想，一定是吴主任看出了他的心事。因为没经验，又是第一次爱上了一个女孩，脸立即红得像夕阳了。

这一夜，他彻底失眠了。他反复琢磨着吴主任的那句话，感觉这里面肯定有问题。他越想越奇怪。他要把这件事情弄清楚。过了几天，他找了个借口，请吴主任赏光，一起去吃顿饭。在饭店里，他没有单刀直入地说请客的真实目的。先漫无边际地谈了公司的一些事情。最后，他才说，吴主任，这个叫惠的女孩怎么样？吴主任笑着说，你是新来的，有些事情你还不知道，惠让人强奸过。吴主任说，那是一年前的事情了，惠在下班回家的路上让人强奸了。要是不报案也没人知道，可是惠报案了。公安人员来公司了解情况，结果大家都知道了这件事情，凶人被抓到了，惠的名声自然就坏了,本来公司有好几个年轻人追求惠的,现在也都主动放弃了。原先,惠是很开朗的,但那件事情发生以后,惠就在家休息一段时间,回来后就变了,变得不爱说话了。

他听了这席话,像有颗炸弹在他脑海炸开了,手中的酒杯抖得厉害,酒全洒在了身上,他喃喃自语道,怎么会这样呢?怎么会这样呢?

吴主任说,我看出来你喜欢上了惠,但喜欢归喜欢,当哥的劝你一句,还是现实点好,头上的那顶绿帽子,咱顶不起啊!兄弟。

他明白吴主任说的意思,他没有再说什么。从酒店出来,他回到公寓,一头就栽倒在床上。泪就止不住地流出来,仿佛心中的一朵莲花让人被糟蹋了污染了。但他还是有点不相信这是真的,他想,不行,我不能听别人一面之词。

他在一个傍晚叩响了惠公寓的门,那天正好别的女孩都出去了,惠给他开门,俩人双眼相望。惠不憨,心里明白着呢!惠一看他的眼神什么都明白了,惠说,我也看出来了,你对我有意呢!但你知道吗?我让人强暴过,我不再是干净清白的女孩了,你回去吧!女孩多的是,像你这样的大学生,应该找个好的。这次他彻底懵了。他也不知道自己是怎么走出惠的房间的。

在这几天里,他病了,病得无精打采的。他的心好像在反复地斗争着,一个他在说,我爱惠我错了吗?坏人强暴惠,难道是惠错了吗?另外一个他在说,惠不是处女了,惠不是干净的女人了,你要了她是要戴"绿帽子"的,是要招人耻笑的。他的心很乱也很痛苦。但没有多久他便把这件事想明白了。他还要去找惠。

他又叩响了惠的门。这次惠好像很吃惊,惠说,你还来做什么?

他说,惠,我想明白了,我喜欢你。

惠说，我让人强暴过，我不是跟你说了吗？

他说，惠，我想清楚了，那不是你的错，是畜生的错，你为什么拿那个畜生的错来折磨自己呢！你只是一个弱女子，一个受害者。

惠说，你不怕公司的人耻笑吗？

他说，不怕，那是他们在往别人的伤口上撒盐，他们是道德上的流氓，这样更说明他们的无耻。只要我们能够相爱，我什么都不怕。

惠被他的话深深打动了，惠的脸上也挂满了泪珠，现在仿佛什么话都是多余的，他走过去，把惠拥在怀中。

没几天，惠领他去了一个地方——龙山公墓。在那里他看见一个墓碑上有个叫惠的名字。他说这是怎么回事？惠说，其实，我的名字叫雅。惠是我姐姐的名字。我们是双胞胎，长得非常像，有时候连邻居朋友都常把我姐姐当成我，把我当成我姐姐。我去年刚大学毕业，姐姐让人强暴了。姐姐说她全完了，仿佛她走到哪里都有人对她指指点点，说以后也不会有男孩子爱上她了。我当时劝她说只要是优秀的男孩子就不会在乎的。可她想不开，终于有一天离我们而去了。我当时也没有工作去处，就顶姐姐的名字进了公司。大家都认为我是姐姐，这样正好，我不相信就没有男孩子会爱上我，我故意不为自己辩解。雅对着姐姐的墓说，姐姐，你是可以找到爱情的。

他很快和雅结婚了。新婚之夜他和雅幸福地缠绵。次日，床单上，他看到了一朵红红的花，他知道那是什么。雅也看到了，就羞羞地笑了。他把床单揭下来，藏在了箱子里。雅知道他为什么这么做，但他们都没有说。

我不能做你的新娘

那一年,我大学毕业,四处找工作,去了很多家公司,有的让我回去等消息,有的说现在不招人,更多的公司连门都不让进去。我每天都为找工作奔波着,好不容易遇到了一家公司招文秘。公司里已经有很多人在应聘这份工作,负责面试的是一位中年男人,脸上架了一副金边眼镜,一身名牌西装,看上去气质很好,也很稳重,脸上始终保持着一种特有的笑容,觉得很亲切。后来,我才知道他是这家公司的总经理,姓潘。那天,他向我提了很多问题,我很紧张,有些问题怕回答错了。面试结束他让我回去等消息,我暗叹这次又没戏了。

两天后,我意外地接到潘的公司打来的电话,通知我明天去上班,我激动得一夜没合眼,一大早就赶到了公司。到了公司里,潘的秘书在等我,他安排我先去文秘科,在那里我的工作很轻松,每天打打字或送送文件,工作量很小但待遇特优厚。我很感激潘经理给我的这次机会,很想谢谢他,可一直没有机会。

年底公司搞了一次聚会,公司今年效益很好,公司为每个员工都发了红包,大家都很开心地喝了很多酒。从不喝酒的我,两杯下肚就晕了,只好躺在沙发上休息。当我醒来时,同事们都走了,只有潘在我身边。我看了潘一眼,心头一热,眼睛有些湿润了。潘见我醒来对我笑笑说,好些了吗?我点了点头,我感觉头还是有些晕,但我没说。他把我扶起来说,走吧,我送你回家。我

没吱声，像个小孩子一样跟在他身边。路上我们一句话也没有说，确切地说是我有些紧张。到了租住的地方，我客气地请他进来坐坐，他没拒绝。其实我根本不愿意他进去，我的房间太简陋了，只有一张床和很旧的桌椅。我赶紧拿毛巾擦擦椅子。他坐了一小会儿就走了。

　　过了半个月，潘打来电话，说要带我去个地方。我很惊异，但还是去了。潘领我去了最繁华的别墅区，我从没见过这么漂亮的房子。四周用白色栏杆围成，院子里种了很多花，房子也是白色的，在阳光的照射下格外刺眼，还有一个很大的游泳池。潘问我喜欢吗？我点了点。潘说，送给你。我愣愣地看着潘，他告诉我，他第一次看到我就喜欢上了我，说我很像他的初恋情人。我让他怦然心动，让他找到了初恋的感觉。我偎依在潘的怀里，一生从未拥有过的幸福在此时拥有了。

　　潘家里以前很穷，上学交不起学费，是公司董事长资助他完成了学业，毕业后他就来了公司。他娶了董事长的女儿。我见过他老婆，个子不高，很胖，走起路来像个滚动的圆球，说话喜欢手叉着腰大声嚷嚷，像个母夜叉，对潘指手画脚。潘很顺从老婆，我看得肺都要气炸了，恨不得给她几巴掌。潘有个很乖的女儿，年纪和我差不多，他说，女儿是他这辈子的最爱。

　　我很快被潘提拔为公司部门经理，每天都要接待很多客户。杰是公司最大的客户，那天我下班，天空飘着细雨，我看见杰站在雨中，手里拿着鲜花，花很鲜艳，他把花送到我面前，请我去看电影。他是公司的大客户，我不好拒绝。

　　在以后的日子里，杰常来约我出去玩。有一天，杰说他喜欢我，他要我做他的新娘，要让我成为世界上最漂亮最幸福的新娘。面对两个男人，我的心中一片迷茫。因我现在对杰有一种说不出的感觉。

有一次我和杰去喝咖啡,我去洗手间回来时,无意中听到杰在打电话。杰说,潘总,你要的那笔款子我明天就打到你的账号上,你肯忍痛割爱把她让给我,我一定不会亏待你的。你放心我会让她幸福的。听到这席话,我感觉自己掉进了万丈深渊。杰见我脸色苍白地从洗手间出来,问我哪儿不舒适,我说,你不是要娶我吗?我一个星期后给你答复。

我给潘打了一个电话,我们互诉了相思之苦,约好了一个小时后见,接着我又给他女儿打了一个电话。

潘很准时,我们见面后,就在别墅里疯狂缠绵。我们的事被突如其来的潘的老婆和女儿看到了,他女儿哭着跑了出去。潘忙穿衣服追了出去。他老婆和我扭打在了一起。

第二天我就离开了别墅,从此再也没去公司。

后来,听说潘和他老婆离婚了。

杰给我打手机,问我考虑得怎么样了,我说,我不能做你的新娘。杰问,为什么?

我说真爱与金钱无关。说完我就关了机。

现在,我终于领悟了,真的,真正的爱情与金钱没有任何的关系。充满了物欲的爱情是靠不住的。

匣子里的爱情

A

倩儿出嫁的那天,把一个匣子藏在身边。匣子里有一个故事。

倩儿爱的那个男孩叫兵,一个村的。儿时,兵喜欢把家里好吃的东西拿出来给倩儿吃。兵说他喜欢看倩儿吃东西。兵觉得,倩儿吃东西的样子很美。

倩儿听了,脸红了。

兵笑了,笑得很好看。

兵和倩上学了,他俩总喜欢牵着手一块儿上学,一块儿回家,他俩觉得在一块很快乐。

后来,兵和倩儿上了中学。倩儿从大家的眼光里好像明白了什么,便开始躲着兵,但越是躲,心里越是想着兵。倩儿问自己,怎么会这样呢?倩儿就骂自己,骂自己要学坏了。骂着骂着脸就红了,红得像一朵桃花。

再后来,兵和倩儿高考落榜了。落榜后,兵和倩儿都伤心了好一阵子。这时的倩儿心里就更装着兵了,装得很满。兵赶上了一个好机会,兵就真成了兵。去部队的那天晚上,兵和倩儿走了很长的一段路。倩儿说,兵,我等你回来。兵吻了倩儿,倩儿的脸红了,她突然明白了这叫作什么。

兵在远方,信像雪花一样飞来。邮递员每次来村里的时候,总见倩儿站在村头,倩儿每次都不会失望。

三年,倩儿盼来了兵归来的佳期。可是,归来途中,兵与歹徒搏斗,牺牲了。得到这消息,倩儿当场昏倒了。

从此,就有许多热心人来给倩儿说媒,但都被倩儿拒绝了。

倩儿妈知道倩儿在想什么,便说,倩儿,这都是命啊!

B

这是一个阳光明媚的下午,刚去邻村找同学海。刚路过村子的一个菜园子,就看见一个女孩子在种菜。看见女孩,刚的心像被什么撞了一下,心想这不是芳吗。但刚马上又"清醒"了过来,这不是芳,芳早就去了广州,早就远嫁他乡了。可这个女孩子太像芳了。

到了海家,刚就说起了在村口见到的那个女孩。海一听就笑了。海说,你说的是倩儿吧!刚说的那个女孩叫倩儿。接着,海就向刚讲了倩儿和兵的故事。讲完后海长叹了一口气。刚听完后,久久不语。海知道刚在想什么,海说,刚,你又在想芳了。这个无情无义的女人,你还想她做什么呢?刚说,不要这样说芳好吗?

海说,刚,知道你这两年为什么活得这么苦吗?

刚问,为什么呢?

海说,因为你的心里放不下一个人。

刚说,有时候不是你想放下就能放下的。

海说,那是因为你还没有找到一个合适的人来代替她的位置。

刚说,可以代替吗?

海说,可以。

C

没几天,海就敲响了倩儿家的门。海想把刚介绍给倩儿。倩儿说,我的事情你是知道的。我的心已经让兵带走了,带到另一个世界里去了。海知道说服不了倩儿,海说,你知道刚为什么让我来说媒吗?倩儿问为什么。海说,刚是听说了你和兵的故事后才让我来说媒的。接着,海就向倩儿讲了刚和芳的故事,海说,刚让芳折磨得好苦好苦。倩儿听后,长久地沉默。海说,同是天涯沦落人啊!倩儿说,我再好好考虑考虑。海说,我走了。海走出屋子又回头看了一眼倩儿,就知道这事成了。

D

没多久,倩儿嫁给了刚。婚后的日子里,刚不在身边时,倩儿就偷偷地打开匣子,看着一封封信。倩儿的脸上有东西在爬。后来,倩儿就想,这样下去是不是不好。

一次倩儿在整理衣柜时,突然从里面滚出一个东西。倩儿失声叫道,匣子!这肯定是刚保存的。

刚突然从外面进来,过去捡那个匣子。刚蹲在那里久久没有起来。刚说,倩,我知道你也有一个匣子。

倩儿打了一个激灵。

刚说,倩,过去的东西不会再来,我们越看昨天,就越觉得今天活得苦,过得累。又说,生活的路还很长,我们不能再这样苦下去,累下去,忘了吧!

刚和倩儿抱着匣子来到火炉旁,他俩的手在不停地抖。倩儿望着刚,刚脸上有闪亮的东西在爬。

倩儿想,刚的匣子里有怎样的一个故事呢?

为你而醉

来这家公司前,她是滴酒不沾的。她大学毕业,来到这家公司,才知道应酬是相当的频繁,来顾客要陪吃饭,公司业绩获得增长要举行宴会,同事结婚过生日也要庆贺,活动多,每次都要喝酒,这个让她很为难,长这么大,真的还一滴酒没沾过。她长得漂亮,很多同事也都愿意和她碰杯。她说,我不会喝酒,真的不会。那些人岂肯放过。"现在哪有不会喝酒的,不会喝酒可以学,现在就给你学习的机会。"她实在躲不过,只好喝了一小口,她真的没想到酒是这么难喝,她感觉整个嗓子如火烧一样。

他实在看不过去,拿过她的酒杯,说我替她喝。他说罢,举杯仰头,一杯酒就喝光了,那动作是一气呵成的,很潇洒的样子。她用感激的眼神看着他。他也是新来的大学生,他们是认识的,但不熟悉,也就是见面互相点下头的关系。其他男同事都有些吃酷,说,送佛送到西,救人救到底,你英雄救美就救到底吧!大伙都纷纷跟他喝。她实在过意不去,怎么会这样呢!她为他担心,他毕竟是来给自己解围的,结果她解围了,把他困在里面了。现在她不知如何是好,他微笑着对大家说,好啊!就这样,他和今天到场的男同事喝成了一片。

那天,他喝醉了,她把他送回去了。那一天,他们成了朋友。

在以后的日子,有聚会她就拉他去,去帮她解围,他成了她的救星,也成了她的恋人。

后来，他们结婚了。那天，她问他，你为什么要为我喝醉，你不怕伤身子吗？他说，正是因为我知道饮酒伤身，我才要替你喝啊！情愿我伤身子，也不想让酒伤你的身子啊！

她被深深感动着，幸福地抱住他。

婚后，他被调进了业务部跑业务。一次，他要陪一位韩国的客户，这位韩国客户是一条大鱼，总经理告诉他，只要能拦住这位韩国客户，我们公司半年的饭碗就敲定了。我可以借助这次机会提拔你为业务部经理。他知道，机遇来了。

这天，他去陪这位韩国客户吃饭。他让她陪他去。他知道她学过韩语，关键的时候能帮上自己什么忙。晚宴的地点选择在了一家星级酒店。那天他们喝得很开心，他没想到，韩国客户的酒量大得惊人。他们已经喝了两斤多了，他已有些微醉，如果继续喝下去，他非醉不可。这个时候，她突然给自己倒满，用一口流利的韩语和韩国客户交流着，韩国客户异常高兴，她也一仰头，满满一杯酒倒进肚里。他惊呆了，她不会喝酒的，今天怎么了，太意外了。她微笑着看着他，暗示他放心。

这一关，幸亏她的拔刀相助，让韩国客户很满意，合同顺利地签字。他也被提拔为业务部经理。

他问她，你是不会喝酒的啊！那天怎么那么厉害，好像有神助似的。

她说，说真的，我也不知道。我只知道，那天是你事业的机遇，你绝不能醉，我想，为了你的前途，我要为你醉一回。结果就那样了。

他感动得热泪盈眶。她愿意为他而醉，他知道，那醉是他的幸福啊！此刻，他们都醉了，是心醉。

让天使陪着你入睡

他们同居了。他和她是一对恋人,也是大学同学,毕业后,留在了这座城市。他们的事业才刚刚起步,他们就租了一个房子,因房子太小,房间里放不下双人床,他们只好买了一张单人床。单人床很狭窄,根本就盛不下两个人的身体。

她从小到大生活在富裕的家庭里,习惯了一个人睡一张大大的床。在床上,可以任意地把身体舒展开,很舒服。现在就不行了,床小根本就无法舒展身体,还有掉下床的可能,这让她多少有点不习惯。

他喜欢抱着她入睡,抱得很紧,像藤一样紧紧缠住。单人床空间本来就小,他又喜欢死抱着她,这让她很不好受,她就让他别把她抱得这么紧,放开她。他同意了,谁知道下半夜在不知不觉中,他依然又把她抱住了,像害怕她会失去似的。这让她很生气,说,你把我抱得这么紧,我呼吸都感觉到困难。但她的多次提醒也不见效,他到下半夜还是会明知故犯。

她怀疑他有什么毛病,为什么有抱人睡觉的习惯。

他看出了她的疑惑,他说,我给你讲个故事吧!

有一户人家,家境十分窘迫,兄弟姐妹好几个,家里就两张小床,父母一张床,几个孩子就睡在一张床上,十分拥挤,常常会把一个孩子挤到床下。那是在一个严寒的冬夜,一个孩子被挤下了床,冻得得了重感冒。由于贫困,耽误了治疗,病情不断恶化,最后让病魔夺去了生命,去埋葬他们小弟弟的时候,一家人哭得死去活来。母亲告诉他们,弟弟的命是恶魔夺走的,恶魔喜欢来夺掉在床下的孩子的命。孩子问母亲,该怎么办呢?母亲说,你们睡觉的时候,只要紧紧抱住对方,这个时候,天使就会来到人间,来到我们家保护你们的。

从此,从这个家庭出来的孩子有个特点,就是睡觉的时候喜欢紧紧拥抱着对方。

她听他讲完后,感动得流泪了,她知道,那群孩子里,有一个就是他啊!

以后,她渐渐习惯了他的拥抱,让他拥抱着入睡有一种很踏实的感觉,不用担心掉下床。

后来,他们在这座城市发展起来了,买了大房子,但他们没换双人床,她喜欢睡在单人床上,让他抱着入眠。她相信,他抱着她的时候,天使就在她身边。

与月饼有关的爱情

这是一个和月饼有关的爱情。那是一个物质非常缺乏的年代,女孩家里兄弟姐妹五六个,家里是吃了上顿,愁下顿,从年头到年尾连一片肉也见不到。邻家住了户人家,因这家男人在矿上干活,又是一个孩子,生活就显得宽裕,经常还能吃点肉什么的,改善一下生活。这家的男孩和那家的一个女孩是非常好的朋友。男孩爱把家里好吃的偷出来给女孩吃。中秋节这天,男孩的父亲发了月饼,是很好吃的那一种。男孩对女孩说好了,到晚上他偷拿一块给女孩吃,可那天晚上家人看管得严,又赶上天气很不好,下起了雨。但男孩心里一直想着这件事情,到大人们不注意的时候男孩才偷跑出来,但没见女孩来,男孩相信女孩一定会来的,就在雨中等女孩。女孩很晚才来,女孩说,对不起,我来晚了。男孩把那块月饼给女孩的时候才知道月饼已经让雨淋湿了。

后来,他们都长大了,做了夫妻。现在我们可以管他们叫男人女人了。那时候正好赶上"文革",男人因家庭成分不好,被拉出去批斗。女人那边的兄弟姐妹都来劝女人,和男人划清界限,可女人就是摇头说不。批斗男人的那天正巧也赶上中秋节,那天的月色很好,男人让人拉到很远的地方批斗了。女人就去看男人,尽管那天有月亮,但路很不好走,一路上女人摔倒了好几次,她赶到男人被关的地方时,才知道脸都摔出了血。女人见到了自己的男人很激动,说,知道吗?今天是中秋节,你看我给你带来了什么?当女人把包打开时候,才知道月饼都碎了,女人当场就哭了。男人说,不要哭,没事的,不还能吃嘛。我最喜欢吃碎的了。男人说着就用嘴舔起那些月饼碎片。

男人和女人就是我的父亲母亲。快到中秋节了,我回乡下,给父亲母亲买了上等的好月饼。母亲吃着月饼就给我讲了上面的故事。我问母亲,我买的月饼好吃吗?母亲笑着说,不如你爸爸当年给我的月饼好吃。我知道母亲为什么这么说。因为那月饼里面有爱情的香味啊!

给菜多加了一把盐

男人有了外遇。男人感觉对不起女人,每次回到家,就像个做错事的孩子,在家抢着做家务。以前,男人是不做家务的,什么家务都是女人做。现在不同了,既然做错了事,就要想办法弥补自己的过错,男人就主动去做饭。这让女人吃惊不小,以前男人也做饭,那是他们刚结婚的时候。结婚以后,男人就不再做饭了,这些活女人全揽了。男人就说,很久没下厨房了,想找回以前的感觉。

男人还是依旧和他的情人约会。情人是男人单位的一个女孩。刚开始,女孩子没有想和男人结婚的意思,只是为了寻找点刺激。有时候爱情就像蹚水,越蹚水越深,慢慢地女孩感觉蹚进深水了,女孩就有了想和男人结婚的打算。女孩说我们结婚吧!男人吃惊不小,男人知道,结婚可不是一件简单的事情,要和女孩结婚,就要和妻子离婚。妻子对他太好了,也没做什么对不起自己事,所以,男人很为难。

女孩认为只要达到目的,可以不择手段。女孩就给男人出点子,什么先写个情书放男人口袋,让女人洗衣服的时候发现,让女人和男人争吵,让女人先提出来离婚,但结果出乎他们的预料,女人根本不看男人的东西,拿出来就放桌上了。

接下来,他们又出了很多点子,但都不见效。

点子还是男人自己想出来的。折磨女人,男人折磨女人的办法其实很简单,就是做饭的时候,往菜里多加一把盐,看女人怎么吃下去,这样女人就会和自己争吵,只要一吵架就好办了,离婚往往都是从吵架开始的。这天做饭,男人真的往菜里多加了一大把盐,但结果女人吃得很平静,也没抱怨什么。男人忍不住了,就问,我做菜好吃吗？女人点了点头。男人很尴尬地笑了笑。

这个办法又失败了,男人多次故意往菜里多加盐,但女人总是很平静地吃下去,当然男人自己不吃,他借口说在外面吃饱了或者不喜欢吃那道菜。

这天男人突发奇想,何不去捉弄一下自己的情人,逗她玩玩。男人就把菜装进一个袋子拿到女孩家里去。

第二天,中午吃饭的时候,男人把菜放到女孩面前说,我给你炒了个菜。女孩子就拿起筷子先尝了口,突然气愤地把菜吐了出来,大声责问男人,你什么意思？你想干什么？这是人吃的菜吗？你自己吃,你给我吃下去,看你怎么吃！

男人说,怎么了？吃就吃。男人把菜递过来,尝了尝,好咸啊！像海水一样,男人想吐出来。

女孩子说,你给我全都吃下去,你不吃就不是男人。男人气得站起来,大叫一声,你给我滚！这个时候,男人突然想到了女人,想到了女人吃饭的情景,心想女人一定很委屈,她是把苦放心里,不愿意说。

这天晚上,男人回到家,为女人做了几道她最喜欢吃的菜,放盐时,男人都亲自尝了,不咸不淡正好。吃饭的时候,男人问女人,今天的饭菜可口吗？女人就笑了笑。男人却哭了,说以后我天天给你做最可口的饭！

爱上你的烟

经媒人介绍，他们在一家咖啡屋见了面，聊了会儿，男人感觉手上空空的，像少了点什么，就从口袋里掏出一根烟，又摸出打火机点上，男人把烟吸得很猛，一口接一口的。咖啡屋封闭得很严实，烟雾没地方散，就在那里弥漫，呛得女人忙用手捂鼻子。男人很尴尬，说，对不起啊！吸了很多年，多次想戒，没戒成。

女人说，没什么的，男人吸支烟才有男人味啊！其实，女人是客套的，她很讨厌吸烟的人，她敷衍一下男人罢了。

见了一次，女人就不想再有下次了，她不喜欢吸烟的男人。可是男人常常来约她，她就找借口回绝那男人。拒绝了，男人再来约，很真诚的样子。女人想，回绝一次，再回绝也不是个事儿，那多扫人家面子啊！

女人答应再和男人见次面。

这次见面是在饭店，男人请女人吃饭，吃到一半，男人说去下洗手间。女人点了点头。过了一会儿男人才回来，但身上多了股烟味儿，味很淡，但女人还是闻到了，女人笑着说，你是去吸烟了吧？男人有些不好意思了，说，怕呛着你，我去洗手间吸的。

这句话让女人差点流出泪来，女人决定，继续和这个男人交往下去。

慢慢地，女人发现，这个男人除了吸烟以外，还是有很多优点的。

他们发展得很快,女人终于成了男人的妻子。

婚后,男人在事业上非常努力,常常很晚才回家,女人很心疼男人,给他准备了美味佳肴。男人摆摆手说,在外面陪客户吃了。说完,他就拿支烟,到阳台或洗手间抽,吸完了再回客厅。女人知道男人为什么这样做,她感觉自己很幸福。

男人的事业出乎意料的成功,口袋渐渐地鼓起来了。这个时候,一个女孩走进了男人的生活,起初,这个女孩只是他事业上的一个帮手,后来,就升级了,做了他的情人,这个女孩子不是软性子,她最不喜欢男人吸烟,她就要求男人不要吸烟,请尊重女性。开始男人真受不了戒烟,可是这个女孩太漂亮了,她的靓丽,让男人着迷,他怕女孩生气,就真的不敢吸烟了。他和女孩在一起的时间很多,这意味着吸烟的机会少了,就常常忘记了烟,慢慢地真的把烟戒了。

男人回家的时间少了,有时候连续几天不回家,有时回到家,也就是上床睡觉,很少和女人说话,女人让男人吸支烟。男人说,不了,太疲劳了。女人很敏感的,知道男人在外面有了。女人心里很苦,看着茶几上的香烟,女人明白,现在这个男人,已不是以前那个爱吸烟的男人了。女人渴望往昔的那股香烟味,就抓了一支烟,用打火机点着,才吸一口,就被呛得流出了泪,女人这才知道,烟原来这么涩。

接下的日子,男人不在家,女人喜欢点一支烟,烟让女人产生一种幻觉,只要点上烟,男人就回来了,在烟雾里朝她笑。女人也喜欢上了吸烟,吸得渐入佳境,吸得不能自拔,没烟就感觉浑身虚脱,女人已经有烟瘾了。

男人和女孩发展得不是很顺利,在男人毫无提防的情况下,女孩拿了男人一大笔钱跑了。男人找遍了整个城市,也没有找到。

那天,男人狼狈不堪地回到家,男人像喝醉了一样,喃喃自语,我被骗了,我被这个婊子骗了。女人当然知道男人说的意思。女人递给男人一支烟,说,吸支烟吧!吸支烟你心里也许会好受些。男人接过烟,点上,才吸一口,呛得直咳嗽,男人才知道,已经不会吸了。

女人自己点上一支,自然地吸起来。

男人说,你什么时候学会吸烟了?女人说,很久了。

男人夺过女人的烟,在烟灰缸里捻灭,男人把女人揽在怀里,说,你不知道吸烟有害健康吗?说罢,男人哭了。

狗 命

这是一座城市郊区的一家小院,小院里有好几处房间,楼上楼下的。在城市打工的打工仔们因市里房价过高,便纷纷地跑到郊区来租房。这家小院的房东是个女主人,女人也就三十出头的样子,没人见过她家的男主人,没结婚还是男主人不在这里,大家都不知道,也没人去问她。当然,女房东也没主动说过。

男人是过了春节搬进这家小院的。男人西装革履,他那宽厚的肩膀和坚定的眼神,让女人知道,这个男人不是一般的打工仔,特别是男人戴的那副眼镜,让女人相信,他身上有股不可抗拒的成熟感。男人来的时候,还带来了一条长得像狐狸一样的狗。男人温文尔雅地对女人说,我带来一条狗,不知道方不方便?如果不方便的话,我可以再到别处看看。当然,我会多给你一个人的房租。这两句话就让女人领教了男人的厉害,毒。你如果不愿意的话,就失去租房的机会,愿意还可以得到比别人多出一倍的房租。让女人找不到任何不愿意的借口。

女人说,这没什么,我很喜欢小动物,我亲戚也要送我一条狗,过段日子就送过来。女人说完,就感觉脸有点发烫。她从小到大也没饲养过任何动物,哪有什么亲戚要送她狗,这句谎话在女人口里水样地流了出来,还是那样的自然。女人害怕在这很有城府的男人的目光里,她的谎言会被识破。

男人诡秘地笑了笑,说,好吧,我后天就搬过来。

男人每天黄昏的时候会准时回来。男人是坐一辆很豪华的轿车来的,下车的时候,司机总要问句,刘总,还有什么事情吗?男人就甩出了一句,没了,你回公司吧!这个细节女人注意到多次,女人最初对男人身份的判断是正确的。周围的人也问过女人,这么有来头的男人,买套豪宅应该不成问题,为什么选择来这么一个小院住?这个对女人来说是个谜。男人一来,在院子里玩耍的狗就会跑出来迎接他。有懂行的朋友告诉女人,这个不是一般的狗,是美国的品种,值好几千块呢!这句话把女人说得眼睛像定在了木板上。

男人来了后,那条狗就跟男人回屋了。然后,男人从屋里拿出鱼竿,去附近的一条河里钓鱼,狗像忠实的仆人一样,尾随男人的身后,但男人每次也没拎条鱼回来,哪怕是很小的一条,那也是战利品啊!因为女人知道,那条河里的确有鱼,女人看到过周围的人钓过。男人有时候也会拿口琴到河边吹。公司的一个高层领导,却来这里过田园般的生活,真是让女人费解,其实也难为她了。她一个天天为油盐酱醋操劳的人,怎么能理解这样的精神生

活呢！但有时候最怕的就是好奇心，往往女人对一个男人产生好感，都是从好奇心开始的。

这天女人又看到男人和那条狗进屋了，女人突发奇想，自己也买条狗来。女人真的从狗市买了一条狗，不过没男人的狗尊贵，她买的是一条普通的狗。女人想让自己的狗和男人的狗交上朋友。那条狗果然不负所望，来了一天就和那条美国狗交上了朋友。

傍晚，男人回来的时候，见多了一条狗，就问女人，这是你家的狗吗？

女人说，是啊是啊！我亲戚说好前几天送过来的，到今天才抱来，我家这条狗命贱，不好意思，要不，我不让它和你的狗儿在一起玩。

男人笑了笑说，没什么没什么的，我家的国美正愁没朋友呢，正好来给它做个伴。

女人说，那就好那就好。

男人再回家的时候，就有两条狗在等待他了，美国狗跟男人进了屋，那条狗也跟着进去了。

女人就为自个儿寻到了去男人房间的借口，说，你看看，真不好意思，我家的狗儿也太没礼貌了，跑进你的房间，让你见笑了。

男人说，没什么的，我喜欢狗。

就这样，女人和男人渐渐熟悉了，女人兴奋地在心里感谢这条狗。女人知道了，男人是看上了这里的环境才来这里的，男人也是无意路过这里，看中了这里的一条河。男人说，那条河让我想起了童年的美好时光，想起和我父亲在一起的日子。

这天，女人没想到的是，男人领来了一个女人，女人身上珠光宝气，穿着时尚，一副贵夫人的打扮。女人那天恰好出了趟门儿，回来的时候,她突然想起男人回来了,就去找狗儿,她忘记敲门就进去了,男人正在和那贵夫人拥抱,女人进去惊呆了,心像被什么东西撞了一下。男人看到女人,不好意思地说,这是我太太。

女人勉强地挤出来一点笑容,说,对不起,我是来看看我家的小狗在不在。然后她赶快从男人房间逃了出来。

夜晚,从男人房间传出来床的摇晃声和呻吟声,把女人的心在黑暗里震颤得支离破碎。

次日,男人的狗让夫人领走了,男人说,老婆说这里环境不好,怕把国美影响坏了,带回新加坡去了。

这天回来,男人看到女人在用竹竿打狗,男人问,你为什么打狗?女人说,它偷吃了我买的肉,打死它算了,这条贱命狗。

男人说,你不要打它了,它吃你的肉我替它赔钱就是。

女人说,你懂什么啊!你懂什么啊!这是赔钱的事吗?说完,女人就进了屋,在屋里呜呜地哭起来。

婚姻是一碗汤

男人和女人又吵架了,吵架的原因和以往一样,都是小得不能再小的生活琐事。但两个人互不相让,就变成了大事。女人赌气回了娘家,一连几天没回来。最后,男人不得不硬着头皮去岳父家把女人接回来。

这天,男人去的时候正好是吃饭的时间,女人对他说,你来干什么?是不是来讨饭的?男人听了就摸着头皮笑了笑。岳父就

忙过来批评女儿,不要再闹了,谁对谁错吃完饭再说。岳父又对男人说,你来得正好,我今天买了一块羊肉,正在厨房炖着,今儿咱爷俩好好喝两杯。岳父又忙招呼女儿去厨房看看羊肉炖好了没。男人就和岳父在客厅喝茶聊天。过了一会儿,岳父又让男人进厨房看看羊肉炖好了没有。他进去看了看,又往锅里加了些辣椒,说,现在好了。

羊肉汤端上来了,女人喝了一口,大喊太辣,不能入口。男人也说太咸了。岳父看着他俩就笑着说,醋也放得太多了。原来,女人喜欢吃咸吃醋,刚才放料的时候加多了盐和醋。两人又开始了争吵,抱怨对方把料放多了。岳父看了看他们说,不要吵了,这汤让我晚上慢慢喝,咱们楼下有个做羊肉汤很出名的饭店,咱们去尝尝。

男人和女人同意了。

三人来到饭店,饭店里座无虚席,他们只好等吃完的顾客走了再坐。男人女人很奇怪,这里的生意为什么这么好?岳父看了看他们,笑着说,想知道这个饭店的生意为什么这么好吗?一会儿你们就知道了。片刻,服务员把汤端上来,然后给了他们几个佐料盒,由他们自己往汤里加。岳父说,这个就是饭店生意好的奥秘。原来别的饭店做羊肉汤,喜欢把什么料都给你调好,而这个饭店只把汤做好,料你自己来调。岳父说,每个人的胃口都是不一样的,依自己的胃口来测量别人的胃口怎么能准确呢!这个饭店看到了这一点。其实,这个也是你们常常吵架的原因,都是站在自己的立场想问题,而不顾及别人,这样自私,不出问题才怪呢!婚姻就是互相多想想对方的胃口,多给对方一点选择余地和空间,只要不出原则,这个原则就是,我们今天来喝的是羊肉汤,不给我们端狗肉汤鸡肉汤就行了。

男人和女人不好意思地笑了,他们知道这是父亲在引导他们啊!

棋盘上的爱

那时候他还是个不出名的作家,可以说只是个文学爱好者。但他对自己很有信心,他天天下了班,就躲进书房不停地写作,对自己充满了希望,当然写着写着也有累的时候。这时她就会过来,给他端杯水,她知道写作完全是个人的事情,别人是帮不上什么忙的。看着他辛苦,她就心疼,这时她看见了书桌上一盘落满尘埃的象棋。她说,光写东西也很枯燥啊!我们下盘棋吧,我们很久没下棋了。他说,好啊!

他们就开始下棋了。第一盘他赢了。他说怎么样,我的棋技不减当年吧!

她听了就在心里暗笑,她说,就是,你是谁呀,你是我老公,是未来的大作家嘛!我相信你的作品会像你下的棋一样优秀的。

他听她这样说,就开心地笑了。

她说,这样下多不刺激呀!我们不如搞个小惩罚。

他一听也很赞同,什么惩罚?你说。

她说,你看这样好不好,谁输了,谁就趴下让对方当马骑。

他拍手叫好。接着,他们又下了两局,每次都是眼看她快要赢,他就抢先一步,进攻她的"老家",将她的军了。

她叹了口气说,我输了我输了。

他笑着说,那就委屈夫人了,愿赌服输吧!

她就把身子伏下去,让他在屋里像骑小马一样骑了一圈。他高兴坏了,没想到骑人是那样的好玩舒服。也许一高兴他就来灵感了,他说你忙你的去吧,我要写东西了,下次再玩。

就这样,他每次写累的时候,她就来陪他下棋,但她好像棋技真的不行,每次输的总是她,每次她都被他当小马骑。不过她并不生气。慢慢地他在文学路上开始有起色了,写的小说也陆续在全国知名刊物上发表,也有一些文学青年开始来拜访或向他求教。他的小说被一家电影制片厂看中,搬上了屏幕。他成了这个小城的名人了。他的创作也向剧本转了,向什么上转并不重要,重要的是他现在有名,有钱了。他常常让一些企业的老板拉去参加一些宴会什么的。在那里他认识了月,月是一个很漂亮很时尚的女孩,月的魅力一下子就将他吸引了。月对他一口一声老师地叫着,让他很受用。他们都给对方留下了电话号码。在以后的日子,他和月发展得很快。在一天晚上,他做出了一个决定,当他把离婚协议书放到她跟前的时候,他以为她会哭会难过,但她没有,她看着这一切,心情很平静,仿佛这样的事情早在她的预料之中。她问,你想好了?他点了点头。她说,好,我签,在签字之前我们再下盘棋吧!他点了点头。这一局棋他被她杀得惨败。他说我输了。说着,他就伏下身体,等她上来。这时她就拿起笔,在离婚协议书上签了自己的名字,然后,甩门离开了这个家。

他很快和月结婚了。当然他每天还写东西。写累的时候他就喊月,月陪我下盘棋吧?月说好啊!他说好,还是以前的老游戏,谁输了谁就当马让对方骑,第一局他就故意让了她,她笑着说,快趴下快趴下。她骑在他身上时,他才感觉到让别人骑的滋味是很难受很不舒服的。他想,小狐狸,等着吧,下一局我就不让你赢了。第二局他轻而易举地将了她的军。他说,小狐狸快趴下。月笑着走开了,说,去你的吧,谁和你当真,逗你玩呢!你写你的小说吧,我要去舞厅了。说完,月转身走了。

他望着月离去的背影,再望着这盘棋,他想起了她,想起了她让他骑在她身上的快乐日子,泪就禁不住流了出来。这时,他才猛然明白,这盘棋他早就输了。

地瓜香

山区的日子过得苦,又是靠天吃饭。男人很憨厚,除了一身的憨力,啥也不会。娶了女人,男人才知道,生活里光有一身力气是没用的,还要有钱。没孩子前,还可以穷日子穷过,有了孩子就不行了,那是孩子出生后的第三年,孩子得了一场奇怪的病,在县城怎么也看不好,没招儿,去了省城,前前后后花了好几万才看好,东借西凑的,欠下了一屁股债。男人很犯愁,女人也是。最后还是女人说话了。女人说,有句俗话说得好,树挪死,人挪活。我出去吧!你在家看好孩子。

男人点了点头,也只能先这样了。

女人去了一个不大不小的城市,给人家做保姆。

男人在家也不敢清闲,干得更蛮力,由于男人肯花力气,满山的地瓜绿油油的,很是惹人喜欢。地瓜真是怪,这山上种别的农作物不行,就是地瓜行。男人调侃说,这山神肯定喜欢吃地瓜,所以,对地瓜有所偏爱。女人听了就笑着说,就你能,想象力真丰

富。男人在地瓜丰收的时候就去看女人,每次都是背一袋子地瓜。女人爱吃地瓜,女人说,这家主人也喜欢吃我们种的地瓜呢!我们的地瓜香甜,别的地方的都发木。每次去女人都会给男人一笔钱。女人说,这是她的工资,拿回去存上。同时,还有女人给孩子买的衣服。男人很佩服女人,女人不领孩子买衣服,但每次买的都合身。主人家装修得极豪华,男人都不敢进去,是女人硬拉男人进去的。进去了,男人也不敢乱动,发现自己在人家屋里留下了脏脚印,他有些不好意思,满脸的羞愧。女人看出了男人的尴尬,说,不碍事,我一会儿一擦就没了。

女人过年的时候才回一次家,但女人明显地有些不习惯这个家了,住惯了好地方的人,回到山窝窝不习惯也是正常的。

但这一年过年,女人没回,女人对男人说,走不开呢!女人还说,这家男主人和女主人离婚了。

后来,女人就不回家了,过年也不回,女人说走不开。

男人是聪明人,明眼的事,何必要问。男人也想来找女人,有去骂她一顿的冲动,但一想到人家那么有钱,他就泄气了,我有什么呢!也许换了我,也会这样选择。但每次地瓜丰收以后,男人依然背上一袋子地瓜,上了公交车,往城市奔,也不进屋,把地瓜放在门口就走。他们的对话也是已经写好的剧本。

孩子还好吧!

好!

家里还好吧!

好!

你瘦了!

嗯!

女人给男人一个信封,男人接过,信封很厚。女人说,这是孩子上学的钱。我们穷点,受些苦,受些委屈不算什么,我们的孩子不能再苦了。要不我们的努力全白费了。

男人点头,转身,疾跑到车站。突然发现自己眼睛辣辣的。

终于有一年,在地瓜丰收的季节,女人没看到男人。女人左顾右盼,可是连男人的影也没看到。到了秋末冬初的时候,来了一个少年,少年背了一袋地瓜。

女人问,你爹呢?

少年说,死了,得了病,我让他去医院,他死活不去,说留着钱给我上大学呢!

女人问,他走的时候都说了什么?

少年说,爹说让我永远不要恨你,你是爱我们的,爱我们的家。

女人和另一个男人开车来到了她的家,以前的家。女人来到坟前,他的坟在地瓜地里,周围的地瓜已经收完,到处是坑坑洼洼的。风吹来,很冷,把女人冻得满脸水珠。女人说,他心里苦啊!

男人点了点头。

把孩子接到我们家好吗?孩子就我一个亲人了。

男人点了点头。

女人的泪掉了下来。

戏 迷

庄上有老人去世，要请戏班唱上一个通宵，这是我们皇庄的习俗，俗称"丧乐"。唱的多是一些古典戏剧，我们年轻人像听"天书"，不懂。来的都是老年人，把戏班围得水泄不通。

老年人听戏不像年轻人听歌那样，围着歌星吹口哨、鼓掌、大呼小叫，他们只是坐在一张小木凳上，拄着拐杖，侧耳细听，听着听着，双眼就冒了泪花。这时，便有小孩仰着脸问，奶奶，你哭啥？老人就回过神来，尽瞎说，奶奶咋像你，会哭鼻子？说着，忙用衣袖擦眼角。

据说，六奶年轻时很俊，在小县城剧团唱青衣。那时的六奶有个好听的名字，叫翠仙。六奶的戏唱得好，名儿像秋天的葡萄一样红得发紫。

但生不逢时，日本人像是恶狼一样占了小县城，别的剧团都关门罢演了，只有翠仙这家剧团还在唱，以往唱《西厢记》《梁祝》，而今唱《花木兰从军》《穆桂英挂帅》。日本人不懂中国戏，跟着瞎乐。时间久了，狗腿子们听出味道来，就打了小报告。日本人放火烧了剧团，见人便杀。最后，日本人见卸妆的翠仙是那样美丽，拉回去送给皇军将领，可翠仙又抓又咬就是不从。

那时，六爷也在剧团做事。六爷那时还是年轻小伙子，在心里早把翠仙当"菩萨"。六爷的心里像有火在烧。六爷趁日本人不备，抓了一根木棒，照日本人后背就是一棒。日本人当场昏倒，六爷抓着翠仙的手,一路狂奔。

六爷和翠仙逃到皇庄,翠仙做了六爷的老婆。洞房花烛夜,床单雪白一片,六爷像泄气的气球,呆呆地坐在那儿,问六奶,咋了?六奶低着头,脸儿红红的,半晌,才从嘴里挤出几个字:前儿干重活,损了。六爷不语,心里怀疑着哩。

六奶的肚里很快就怀上了。但六爷没有高兴起来,六爷端了一碗汤,说,喝了,对娃好呢。六奶喝了。下半夜,六奶的肚子疼痛难忍。六奶明白了,说,你不信我,这真是你的种啊!六爷慌了,后悔不及!六奶肚里的娃流了。从此,六奶很长时间不搭理六爷。

连续数年,六奶的身子一直没动静。六奶是明白人,知道六爷有些急了,六奶说,俺这地怕是荒了,俺不能误了你,你再找一个吧!

六爷叹了口气,不语。

后来,六爷还是走了。六爷说,男人不能一辈子留在庄上,应出去寻个事儿。六爷走在三月的阳光里,再没回来。

后来,族长对六奶说,六佺可能回不来了,你再找一个吧!六奶望了望天,天上有自由飞翔的鸟儿。

六奶没嫁。

去年冬天,我接到家里电话,说六奶仙逝。我赶回老家,六奶的灵柩前围满了本家叔侄。老族长说,六佺媳妇病倒的时候对我说,她听了好多戏,她老了,要让乡亲们听听她的戏。说着,老族长从口袋里掏出一把零零碎碎的钱来。大家知道,那是六奶平日里积攒下来的。

晚上,戏班子来了,锣鼓声在乡村的上空回荡。我以前不懂戏,这次听懂了。

后来,村里来了辆车,车停在村头,从车里下来一位老人,老人在六奶坟头上烧了一沓冥纸。碰巧让老族长看见。老族长知道他是谁,想上前给他一巴掌,最后还是忍了。老族长在心里骂了句,狗东西,还有脸回来。

外　遇

妻子已经背着他和另一个男人好上了。这是他在一个夏天的午后才知道的。

那天,局里的事少得出奇,恰好,他前段时间写的小说发表了,他是一个文学爱好者,业余创作。今天收到稿费通知单,对他而言,像是收到了一笔意外之财。他就向领导扯了个谎,从局里逃了出来,理所当然地就去邮局领回了稿费。走出邮局,他看了一下手机,时间还早,太阳像火球一样挂在天空。他就想回家,家里有空调。

他习惯性地上楼,习惯性地把门打开。他是个文雅的人,干什么都轻轻的,不弄出很大的声音。卧室的门半开着,他听到了那种声音,听到了只有晚上和她在一起才能制造出来的声音。现在分明另一个人也听到了,另一个人正为这种声音神魂颠倒呢!他只是笑了笑,笑得连他自己也感到奇怪。他轻轻地关了门,下了楼。

他很伤心,他怎么也想不出什么地方对不起她,让她变了心,也想不出她怎么一点前兆也没呢？昨天还和她一起去她的娘家呢！他无论如何也接受不了这个现实。他来到一条小河边，小河边的人很少，这时候，他看到一个女人在河边走着，女人很美，是人见人爱的那种美，但女人脸上写满忧郁，心事重重的样子。

他走过去，对女人说，看你的样子一定有心事，如果不介意，可以给我说说，说了也许会好受点。

女人看了他一眼，很伤心地说，我的命好苦啊！我有什么地方对不起他啊！他这个没有良心的，他在外面养了女人了。

他没问，知道女人指的是谁。女人一说，也勾起了他的痛处，他说，我也和你一样啊！我老婆也有外遇。他这样一说，女人好像一下找到了话题，女人就向他说起了自己的男人。他也向女人聊起了自己的女人。聊着聊着，他们同时都明白了，是他们两个太傻了。让那些负心的人欺骗，他们还被蒙在鼓里不知道。他们来到河边的小树林，女人越说越激动，突然抱住他哭了，边哭边说自己的命好苦啊！女人整个身子就在他怀中了。他闻到了女人发间的香气，女人丰满的胸脯也贴在了他的胸口上，女人好像很自愿的样子，他有点控制不住，就去吻女人脸上的泪，但女人一抬头，就把他的唇接住了。两人就这样吻起来，他们忘我地滚到了树丛一个隐秘的地方，他们饥渴地脱去对方的衣服……事后，他们像做错事的孩子一样穿上衣服，女人低着头说，天不早了，回吧。他点了点头，一路上他们都无语，默默地走路，刚才那件事像是一道锁，把话匣子锁上了。他们在河边分了手，各自回家了。

回到家，妻子已经为她做好了他最爱吃的饭菜，妻子说，你干什么去了？这么晚才回来，知道今天是什么日子吗？今天是你的生日啊！

他的心被什么撞了。

妻子已经点好了蜡烛,让他来吹。

屋里突然一片漆黑,把他们淹没了。

过了几天,他和妻子又来河边散步,碰巧他又看见了那个女人,女人也是一家三口在一起,女人的孩子老想到对面去玩,男人对她说,你在这里等一下,我领孩子到那边玩一会儿就回来。这时,妻子也落下他,到不远处采野花去了。他就走过去,对那女人说,还认识我吗?我们又见面了。

女人疑惑地看着他说,你是谁啊?

他说,你忘记了,那天我们在这里相遇。

女人笑了笑说,对不起,你一定是认错人了。女人说完便向孩子和丈夫那边跑去。

他看着女人的背影,那背影里充满了内容。

妻子从远处跑了过来,手里举着野花说,老公,看我采的花漂亮吗?

他点了点头说,漂亮,真漂亮。

妻子幸福地抱住了他。

他说,我们赶快回家吧!把花插到水瓶里去,能活好几天呢。

回来的路上,他在努力把那天下午的事情忘掉。

与天堂之间的距离

A

　　他常常想着去一个地方。那是一个什么样的地方,连他自己也说不太清楚。总之,这个地方让他感觉很美好。和谁一起去,他想了很久,反正不和他妻子一起去,他已经开始讨厌她了。她的一切让他如此熟悉,这些熟悉让他失去了激情和对生活的热情。他想想自己,当年对她是多么迷恋,狂热地爱她。而今这种感觉在慢慢地变凉了,凉得让他全身发抖。他想,我要离开她,再这样下去我会疯的。

　　他开始不想回家了。他听厌了这里的一切声音。训孩子的声音,无端扔家什的声音,或其他的声音,总之,这些声音,对他来说是忍无可忍又无可奈何。他开始喜欢去一个咖啡屋坐一会儿。他喜欢这儿的宁静,仿佛他的心从那些烦躁的声音中逃了出来。更重要的是,他认识了她,她是这里的吧台小姐,她是一个让他感觉非常新鲜的女孩,这种感觉让他重新点燃了对生活的热情。他认为,自己又获得了一次新生。他来这儿勤了。他与她之间的距离也由于他频繁的出现更近了。他朝零距离不断努力,终于,他的努力也得到了相等的收获。现在可以用一个很时尚的词来称呼他们——情人。他开始试探地问她,愿意跟我去一个陌生的地方吗?

她说,什么地方?

他调侃地说,天堂。

她说,好啊好啊!

他们终于在一个夜晚离开了这座城市。

他们要去一个陌生而又美好的城市,那是他们的天堂。

B

时光不知已过去了多久,她不再是原来那个单纯的女孩。她已是一位很成熟的女人。她开始反思自己,和他当年的私奔是不是很幼稚很荒唐很可笑。她扪心自问,当年她认为很成熟很有魅力的男人,现在已是孩子们喊爷爷的老头了。看到街上的孩子,她心中就生出一种苦来,像一杯酒,让她独饮。她觉得自己活得太不完美了。她开始讨厌他,见到他,就想吐。可什么也没吐出来,但眼里流出了泪。他还毫不知情地问,宝贝,你怎么了,是不是病了?

她开始逃避他,不愿意看到他。她就独自去一些娱乐场所消遣。在那儿,她就认识了他。他是一个英俊潇洒的小伙子。小伙子涉世不深,很快就被她的成熟魅力迷住了。两人很快就陷入了爱河。她在一个销魂之夜对他说,我们离开这个让人生厌的城市吧?

小伙子问,去什么地方?

她说,去另一个如天堂般美好的城市。

小伙子听了,满脸激情地说,好啊!

她和小伙子在一个很美好的夜晚,悄悄离开了这座城市。

C

时光让小伙子变成一个很成熟的男人。男人在这座城市很吃得开,经过一段时间的风雨拼搏,终于在事业上功成名就。再看她,已不是当年成熟迷人的女人,已人老珠黄,让他讨厌,避而远之。他身边也不缺漂亮的青春女孩,看着这些女孩,他心中就生出许多美好的想法。他终于利用一个机会和身边一个女孩发生了故事。这个女孩很快就如磁铁一样缠着他了。不过,这让他很受用。

他和女孩出差来到了另一个城市。女孩就被这座城市的一切深深迷住了。女孩说,这里简直就是一个天堂。

他说,是吗?

女孩说,我们在这儿生活好吗?

他说,好啊。

他和女人来到了谈判桌前。女人在离婚协议上签了字。女人说,你还记得我们来这座城市时说的话吗?女人又说,这个世界上根本就没有永远的天堂。

他呵呵地笑了。他没有去深悟女人的这句话。

D

他和女孩在一个阳光灿烂的日子里又走进了一座所谓天堂的城市。

爱情的阳光一片灿烂

男人在局里干了五年,在这五年里,他为局里做出了很多的业绩,多次得到领导的肯定,什么奖励、荣誉都少不了他。他应该很满意才是,但他并不快乐,因为他还没有晋升。这次局里又打算提拔两个干部,男人想通过什么办法,抓住这次晋升的机会。这天,男人在家找东西,突然从书柜里掉下一本相册,打开仔细翻了翻,是女人的,大都是女人大学的时候照的,突然男人让一张合影吸引住了,里面是女人和几个同学的合影,有个男生,男人感觉好面熟。这时女人走过来,男人指着相片上的男生问,这个男生是谁啊!女人看了一眼说,他是我同学啊,就是你们现在的局长。男人非常吃惊地问,真的?我怎么不知道。女人说,那有什么啊!别看他现在是局长,当初,他追求我的时候像一条狗似的讨好我,我都没有答应他。

女人这样一说,男人的心里亮了一下。

这天晚上,男人把女人拉到身边,说自己在局里混了好几年了,还没弄到一官半职,想让女人去局长那里说说,看在他们同学一场的面子上,也照顾他一下。女人不乐意了,当年都是他低三下四地求他,这次让女人去为丈夫的事去求他,女人拉不下这个脸来。

男人看出女人的不乐意,说,我这也是为了咱这个家啊!也是为了你啊!男人又对女人说了一大堆好话,还给了女人一个包,说,这个是我私下存的一万块钱,你给他送去吧!

女人看着男人的可怜样,很不情愿地走出了家门。

男人看着女人的背影,长叹了一口气。

女人很晚才回家,女人说,钱他收下了,让你好好干,他一定会找机会提拔你的。

男人听了,上前抱住女人。

不久,男人真的提拔了,当了科长。男人在心里感谢女人,但男人很快就高兴不起来。那天男人在柜里发现了一万块钱,男人问女人,这钱哪里来的?女人先是吞吞吐吐,后来告诉男人,这钱就是他给她的那一万块钱。女人没有按他的要求给他。男人没有往下问。男人回忆起那天晚上女人回来的情形,记得女人回来得很晚,头发很乱。回来后,女人就跑进洗手间洗澡。晚上,男人想那事情,女人说身体不舒服。男人太了解女人了,女人平时是很小气的一个人。女人和局长有旧情,男人不敢再往深处想。可这件事在男人心里留下了阴影,没事的时候,男人就常常琢磨这事,就感觉疑点重重。后来,他也不知咋的,脾气变得非常坏,动不动就和女人吵。男人和女人离婚了。

现在男人在单位多少也是个人物,和老婆离婚的事在单位传得沸沸扬扬,这事情也传到了局长耳朵里。

后来,局长出事了,牵进去很多人,而他安然无事。幸亏女人没把钱送出去,男人这才知道错怪了女人。男人终于拨通了女人的电话。

男人和女人复婚的那天天气非常好,万里无云,阳光灿烂。那天男人问女人,是我误解了你,你为什么不解释呢?

女人说,是你心里有了猜疑,解释有什么意思呢?那天我没有去局长家,我是到朋友家溜达了一圈,你在家不知道,那天的风很大。我是不想让你走那条花钱求官路啊！你看到了吗？他们都出事了！

男人羞愧地说，以后再也不会了，我们的爱情就像今天一样，阳光灿烂，晴空万里。

去看看伤害过你的人吧

我去学校办点事儿，碰巧遇到了张新萍老师。张老师是我小学的老师。张老师见到我很高兴，和我聊了一会儿。聊着聊着就聊到了周玉霞老师，张老师说，你还记得周玉霞老师吗？我没回答张老师的话，张老师又说，你是不是还恨她？我听了就笑着说，怎么会呢？张老师说，周老师快不行了，周老师得了肝癌，是晚期。张老师说这句话时，头低了下去。我故意转了个话题，说，张老师，你的头发都白了。张老师苦笑了一下说，你去看看周老师吧。我被张老师的话蒙住了。张老师说，我知道你心里还恨她，但周老师没有你想象的那样坏。你去医院探望她吧。我说，行，张老师，我去，一定去。

走在街上，那伤痛的往事又在我脑海中浮现。那时候，我刚入学，上的学校并不是张老师的这个学校，而是离家较近的一所学校。当时周老师是我们班的班主任。起初，我是周老师的得意门生，不知何因，过了半个学期周老师开始讨厌我。后来，因一件小事，让我爸爸到学校来一趟，否则让我别来上学。那天，我哭着跑回家，父亲那天竟然没有打骂我。我让父亲去学校一趟，可他说什么也不肯去。他说,那个学校的教学质量也不怎么样,咱换个学校。就这样,我转到了张老师的学校。

我怎么会去看她呢?我也没把这当回事儿。可过了几天,张老师给我打电话,问,你去了吗?张老师还说,有件事也许你还不知道,你转到了我这个学校后,周老师来找过我,说你是个好孩子,让我一定要好好教你。我听了很吃惊,她怎么会如此好心呢?我说,这是真的吗?张老师说,千真万确。

周末,我抽了个空儿,到医院去看周老师。在路上,我百思不得其解,周老师当年开除了我,为何又如此关心我呢?我带着这个疑问见到了周老师。见到周老师,我吃了一惊,往昔那个漂亮成熟的女人如今已被病魔折磨得容颜憔悴、骨瘦如柴了。周老师当时没认出我来,当我说出我的名字后,她竟激动得要坐起来。我忙让她躺下。

周老师说,当年我很对不起你啊!当时我也太感情用事了。

我说,周老师,不怨你啊!都怪我当年太顽皮了。

周老师又说,你一定要原谅我。

我说,周老师,你想哪里去了?当年的事,我没往心里去,真的。

周老师说,别骗我了,我知道你很恨我。又说,你父亲现在还好吗?我说,周老师,你认识我父亲吗?

周老师把脸转过去了,说,能让你父亲来看看我吗?

我说,行,行,我一定让他来看您。

回到家,我把这事告诉了父亲。父亲长长地叹了一口气说,孩子,我对不起你呀!我知道,当年我去找她,她一定会让你在那儿继续读书,可我没去求她。我给你转了学,让你每天多跑了很多路,吃了很多苦。我说,爸,过去的事就别说了,你现在去看看周老师吧！她没有多少日子啦！父亲摇了摇头，说，不，我是不会去看她的。说罢，父亲便把脸转了过去，但我发现父亲的眼睛很浑浊，像一团雾。

父亲没去看周老师，这让我很失望。我常常想，他们之间到底存在着怎样的恩恩怨怨呢？有几次，我试探着问父亲。父亲的脸色立即变得让我感到了恐惧，以后我便不敢再问了。

后来，周老师病逝了。有一次我去周老师坟上祭扫，远远地看见了一个人。这人好眼熟。这人好像也看见了我，慌张地走了。我走了过去，发现坟上烧的竟是一封封书信。

抱新娘

这是当地结婚时的一个习俗，说新郎要在百米之外，把新娘从婚车上抱进家门，然后才可举行婚礼。在这中间，新娘的脚不能沾地，脚若沾地，是非常不吉利的。这天，男人的母亲起得很早。其实，她一夜没合眼，她最担心的就是抱新娘这一关了。她想起上次的事儿还心有余悸。她想，上次没抱好，离了。这次可不能再生乱子了。她叮嘱小儿子，说你哥抱不动你嫂子，你就赶快接过来，千万不能让你嫂子的脚沾了地。

上次，在抱新娘这关上，男人闹出了大笑话，成了大伙茶余饭后的谈资。抱新娘时，男人刚打开婚车的车门，村里几个顽皮的孩子便争先恐后地抱住了新娘的脚，把鞋给脱了下来。上次男人像个醉汉，一会儿便抱不动了，气喘吁吁地把新娘放了下来。路是泥路，又赶上昨天刚下过一阵小雨，新娘漂亮的新袜子便沾满了泥浆。来看婚礼的人们立即发出一片笑声。男人喘了口气，又将新娘抱起。这次新娘的脚像在地上生了根，大伙看出来了，这是新娘有意气男人。男人咬了咬牙，拔树似的将新娘抱了起来。不知是男人没站稳还是有人故意捣了蛋，男人还没走几步，险些绊倒，幸亏他兄弟及时扶住。新娘气急败坏地从男人身上挣脱下来，一个人跨进了家门，惹得人们又爆发出一阵笑声。

　　那个女孩是男人的姨给他介绍的。女孩和他姨在一个单位上班，又和他的姑妈一村，他这边刚见完面，那边说客就围了过来。姑妈说，这女娃不错，愿意吗？姨说，和这女孩子过一辈子是你前世修来的福。男人每天像是被大家围攻，说实话，男人那天连那女孩子长得啥样都还没看清呢。热情的撮合让男人苦不堪言，他刚说句话，那边就像洪水猛兽般地反驳过来，好像如不愿意这桩婚姻，千错万错都是他的错，男人始终不明白，这些说客们，拿了人家什么好处，都来撮合这桩婚姻，像吆喝两个牲口听着主人的命令：你们好好地住在一起算了。男人实在挡不住大家这片热心，就糊里糊涂又无可奈何地愿意了。结婚这天，男人只感到全身乏力，出现前边的那些笑话那是自然而然的事了。

　　结婚不久，两口子便很不和睦，经常吵架。男人很快对这种生活感到疲倦了，更让他哭笑不得的是，他的小舅子做生意亏了本，就到他家来闹，说他抱他姐姐脚沾了地，把他家的财气都搬到男人家来了。男人觉得实在不适合跟这种女人生活下去，只好离婚了。

　　这次，来看热闹的人很多，人山人海的，但这次让大家很失望。这次男人走了很远，男人的兄弟紧跟后面，婚车还没来，弟弟见他还往前走,便说,哥,好了,在这里等吧,有一百米了。男人没吭声,还往前走,男人的兄弟急着说,哥,这次你抱不动了,我可不帮你。正说着,婚车来了,男人走过去,打开车门,他与新娘的目光碰了一下。男人亲自将新娘的鞋脱了,递给了他兄弟。这次男人抱得非常轻松,新娘如燕子一样飞进男人的怀中。男人抱着新娘,走得很缓慢、很沉重。拥挤的人群立马闪开了,给男人让出一条路。人群的目光都投向男人,大家都屏住呼吸,像等待什么重大事情发生。男人抱着新娘,望着前面的路,眼里掉出一滴泪,落在了新娘的脸上,新娘明白男人为什么哭。当男人和新娘举行婚礼时,人们才发现,新娘的脚有点儿跛。

晚上,客人走尽了,男人来到洞房,看着新娘说,上次我抱她时,我知道你一直在远处望着我。新娘说,我知道你今儿为什么掉泪。新娘还想说,男人轻轻地捂住了她的嘴,说,就让我们今后的生活来回答吧。说着,两个人就幸福地拥在了一起。

你在心就安

女人对男人的不满意,是从他公司的几次提拔干部开始的。这次,男人的公司又提拔了几位干部,但都没有自己男人的名字。女人看了很羡慕,她就批评男人,论学历,论工作能力,你都比他们优秀,你在大学还是班干部,你咋就提拔不上去呢?

男人不语,笑了笑,很无所谓的样子。

女人更生气了，真是恨铁不成钢。

女人琢磨不透，在公司里，他很优秀，还搞出了几次重大的科研项目，为公司节约了成本。可以说，他是公司元老级的人物，可每次提拔干部都没有他。她想不通，就找朋友到公司去打听，经打听才知道，是他太死板了，说白了，就是不会和领导套近乎，过年过节也不给领导送礼，这样的人就是工作得再好，领导也不会提拔。

知道了这个原因后，女人就开始背着他攒钱。平时，女人喜欢买高档的护肤品、服装、保健品。现在也不买了，省吃俭用的。她知道，这点牺牲算不了什么，只要能帮男人，她付出再多都愿意。

快到中秋节了，女人知道机会来了。女人把一万块钱交给男人的时候，男人吃了一惊，说，你这是干什么？女人微笑着说，为了你的前程。男人明白了女人的意思，男人说，这么做，会葬送了我的前程。

女人想，男人真的太死心眼了，太不近人情，自己为了谁啊！反说葬送了他的前程，女人很委屈地哭了。

男人见女人哭了，就慌了，男人说，我去还不成吗？男人就拿了钱，走出了家门。

很晚，男人才回到家。男人带着醉意。他告诉女人，今天很巧，领导在家，见他来，很高兴，说他确实是个人才，还留他喝了酒。

女人幸福地抱住男人，她知道男人提拔在望了。

后来的事，没有像女人想的那样发展。那天，女人还没下班，就接到男人同事的电话，告诉她不好了，他们公司的领导因有腐败问题被抓起来了，他也被带走了。

女人听到这个消息，像晴天霹雳，女人慌忙收拾东西，匆匆赶到了男人的公司，知道男人真的被带走了，接受调查去了。女人差点晕倒。女人真的好后悔啊！后悔不该让男人去给领导送钱。女人怏怏地回到家中，期盼男人回来。女人现在才知道，什么名利啊，都是空的。她现在什么都不要了，只要男人，只要自己的男人平安回家。

这时，门开了，男人回来了。

女人不敢相信自己的眼睛，但定眼一看，真的是自己的男人。女人扑过去，紧紧地抱住男人，眼泪禁不住地流了出来。

男人就羞她，这么大还哭鼻子。

女人说，不该让他去给领导送钱。

男人笑着从屋里拿出了那一万块钱。女人呆住了。男人说，我要是真的送出去，这次就真的回不来了！那天晚上我从家里出来，左想右想，还是不送的好，就故意在小饭店喝了点酒，欺骗了你。

女人羞答答地告诉男人，以后再也不想让他升官发财，只要男人天天平安地回家，就是她全部的幸福、快乐。

一念之差

故事是这样开始的。

有两个逃犯逃到了一个山上，山下布满了警察，看来他们是无路可逃了，就逃到山上的一个寺庙。两逃犯非常狼狈，为了逃避警察的追捕,已好几天没吃东西了,又赶上严寒的冬日,两个逃犯已经疲惫不堪了。他俩瘫在寺庙的一个墙角下,其中一个逃犯突然想起了家,想起了家中的妻儿,想起了往年的这个时候都是躺在家中温暖的炕上,由妻子给他揉揉脚,享受着天伦之乐,那滋味多舒服啊。他看着眼前这个人,这个人不再是他的朋友,是把他引向邪路上的一个坏蛋,当初怎么就轻信了他的话,一起去盗窃呢!要不也不会落到如此地步。另一个逃犯说,兄弟,我知道你在恨我,是我对不起你啊!是我让财迷了心窍。现在说什么也晚了。

寺庙里住着一个和尚,无意中听到了他们的对话。当他们看见和尚时心里很害怕,怕和尚下山去报案。和尚看出了他们的担忧,说,两位施主,老衲是出家之人,不过问红尘中事,你们放心在这里住一宿就是了。和尚为他们准备了饭菜。两个逃犯用过饭后,一夜也不敢睡,怕下面的警察找上来,他们就去找和尚聊天。和尚见他们还没睡觉,就念了声,阿弥陀佛。

两个逃犯说,师父,我们现在一点也睡不着,你给我们讲个故事解解闷吧!

和尚说,好吧!

两逃犯点了点头。

和尚说,以前这山上有一批狼群,常常去山下的村子残害生命,很多人无辜地惨死在狼口之下。村人众怒,就召集本县所有的猎人,将狼群铲除。最后,猎人在山上发现了一个狼窝,狼窝里有两只狼,那是两只可怜的小狼啊!有一只狼还用凶狠的目光看着猎人,就在这时,那只狼竟然凶残地扑向猎人。猎人很无奈地举起了猎枪,将狼打死了。和尚讲到这里就打住了,念了声,阿弥

陀佛。

两个逃犯问，师父，另一只呢！

和尚说，另一只狼在这个时刻突然向猎人趴下了，眼里竟流了泪。猎人知道，那是忏悔的泪啊！猎人没杀它，将它牵回了村里，经过耐心的驯化，就变成了一只可爱的狼狗，为村民看家护院，得到了村民的喜爱。

一个逃犯说，是啊！只在这一念之差啊！狼就永远是凶狠的狼了。

和尚说，狼是可以变成狗的啊！只要肯去掉它的恶性，一心向善。更何况人呢！人生在世，最害怕的就是一念之差，饮恨终身。

另一个逃犯说，师父，我明白了，你是在用故事教我们啊！是啊，当时我们也只是一念之差，落到了现在这个地步，现在想起来真是后悔莫及啊。师父，我们已经想好了，明天我们就下山去自首。

和尚点了点头，念了声，阿弥陀佛。

裂缝流处是快乐

他大学毕业后，应聘到一家公司，他在这家公司干得很卖力，一干就是五年。在这五年里，他为公司做出了很大的业绩，多次得到领导的嘉许，什么奖励、荣誉都少不了他的。他应该很满意才是！但他现在很郁闷,因为他还没有晋升,他的身份还只是公司里的一个研究员。这次公司又提拔了两个干部,又没有他,他看着一起走出校园的同学,有的都混到领导的位子了,这让他心里很烦乱,开始浮躁起来,工作也不如以前积极了。他决定出去旅游散散心,他来到了一座很有名的山上,山上有个和尚。他听别人说,和尚的禅悟得很好。他便把公司的事跟和尚说了,说自己现在很烦恼,一点也不快乐。

和尚听后笑了,说,是这样啊！你今天来了算我们有缘啊！你帮我到山下拎桶水吧！

和尚给了他两个桶,说我这里有个水缸,你到山下挑来水灌到这个缸里,拎完水你就会找到快乐了。

他接过桶去了山下,去了才知道山下的路不太好走。他当时并不知道,当他把满满的水挑到山上,往水缸里倒水时才发现的,见满满的两桶水都只剩下半桶,仔细一看才知道,两个桶的桶底都有了裂缝,这让他感到很奇怪,为什么和尚给自己两个有裂缝的水桶,让自己辛辛苦苦地白忙活了一场,也许和尚也不知道这两个水桶有裂缝了。他就找到了和尚,把这两个水桶有裂缝的事告诉了和尚,并让和尚找铁匠把水桶补一下。

和尚微笑着说,这就是你现在痛苦,找不到快乐的原因啊！

他听了很不理解,觉得和尚实在是傻得可爱。

和尚仍让他用这两个水桶再去山下挑水。他说什么也不愿意去了,认为这个和尚在捉弄他。和尚就叫来了一个小和尚,让小和尚去山下挑水。小和尚拎了桶,高兴地去了。

他看不过去,老和尚这不是在捉弄小和尚吗？他就告诉小和尚,这个水桶桶底有了裂缝,不能再用来拎水了。谁知道小和尚说,我早知道了。小和尚说完就朝山下走去。

他有点迷惑不解,这里的和尚到底犯了什么病?还说这就是自己不快乐的原因。

这时,老和尚走了过来问他,在挑水上山的时候没有发现什么吗?

他摇了摇头,他光想着赶快上山,把水灌到缸里去,完成和尚交给他的任务。

老和尚把他领到下山的路上,让他细看,一条山路从山上到山下,弯弯曲曲的,山路两旁开满了山花,不断有蝴蝶在那里飞舞着。

老和尚说,就因有两只水桶流出的水天天浇灌,才有了这些美丽的山花。那个水缸就是你天天想竞升的目标。

他恍然大悟,这些铺满山路的鲜花才是生活的快乐啊!在公司里,他做出来的业绩就是这些美丽的鲜花,就是他的快乐啊!但被他忽略了。是什么让他忽略了呢?是欲念,是欲念让他死死地盯住那个想晋升的目标。人生只有放下欲念,才可以得到快乐。

寻找施予的快乐秘方

他是这个地方的首富,但生活得并不快乐,先是那些亲戚和朋友欺骗了他,都来向他借钱,但借出去的钱如同泼出去的水,都是有来无回,这让他很伤心。记得有一次他花钱请戏班唱戏,结果,那天晚上他的家让人偷了,他凭经验就知道是周围人偷的,他实在想不明白,自己对他们这么好,他们为什么这样？从此,他变得孤僻,认为再也没有什么人值得信赖,不喜欢和外面接触,外面充满了邪恶。他在这种心境下,变得越来越不快乐。直到有一天,他门前来了一位化缘的和尚。和尚见到他满面愁云的,又看他住着这么豪华的宅子,和尚很纳闷,便问其缘由。他便把自己的苦闷说了。

和尚听罢笑了,说我有一个快乐的秘方,放在山上的庙中了,施主你愿意跟我去拿吗？

他想了想,反正自己在家也很烦闷,跟你去一趟又何妨。

和尚说,路很远的,你要嫌远可以不去,要去你也要带上足够的盘缠。

他说,你都不怕远,我怕什么。

就这样,他跟和尚上路了。路真的很远,他们走过了一个又一个村庄,翻过了一座又一座山,路上他遇到了很多很多穷苦人,和尚毫不犹豫地让他掏出钱去施舍穷人。开始他还没有感觉有什么不妥,可是到后来,他口袋的钱越来越少了,他有点担心,他想,不是你和尚的钱你当然不心疼,我把钱都施舍了,回来我怎么办啊？

和尚看出了他的心思,和尚说,你不必担心,我保证你到时候会开开心心地回家。

他听了和尚的话,想,说不定庙里有什么金银财宝,要不和尚怎么会说出这样的大话呢？就这样,他把自己带来的盘缠在路上毫无保留地都施舍给了穷人。

他们终于来到了庙中,庙很简陋,但香火很好,他急不可耐地问和尚,快乐的秘方呢?

和尚说,我已经把秘方给了你啊!

他听了很吃惊,说,什么时候给我的,我怎么不知道啊?

和尚说,我真的给你了,这个你以后自然会明白的。

他听了很生气,知道和尚骗了他,他说,早知道如此,我不该来的。

和尚说,你既然来了,就过些日子再回去吧。

他想,也好。他便在山上过了一段日子,在庙中,他听和尚们念那些他听不懂的经文,时间久了,就很烦躁。他向和尚要盘缠回去。

和尚说,我已经把盘缠给你了。

他一听明白了,这是个骗人的和尚,他明白和尚在逗自己玩呢!他一气之下离开了庙,下山去了。他一赌气跑出了很远,当他来到一个小山村的时候已经很饿了,但他口袋空空的,没有分文,不知道如何是好。这时候一个农人从他眼前走过,一眼就认出他来了,说,哎呀!这不是我的恩人吗?你怎么会来到这里?他想不出对这个老农施舍过什么。但老农已经把他当成亲人一样看了,老农把他领到家中过了一晚。次日,他继续赶路,在途中,每当他遇到困难的时候,就会有人来帮他,那些人对他的印象很深,一眼就能认出他,这让他感到惊喜和意外。一路上,他没有分文,受着人家的施舍,很快乐地回到了家。

回到家,他才恍然省悟,和尚原来真的把快乐给了他。原来,带着快乐去施舍他人,这快乐早晚也会回到自己身上的。以前他有很多财产,而只把一小部分施舍给别人,去换取一点好名声,他的施舍里充满了潜伏的欲念,那欲念带来的痛苦也自然回到了他的身上来了。

水缸里的希望

张秀才爱上了任员外家的任小姐,爱得很深,爱得也很苦。因为这个任小姐一丁点儿也不爱他。这让张秀才很苦恼。后来这个张秀才就病了,病得很重。有个老人看不下去了,老人知道张秀才为什么病,知道张秀才得的是心病。老人对张秀才说,孩子,你去龙山吧!山上有个善国寺,听说那里的佛很灵,你去求一求,你的心愿就能实现了。张秀才听老人这样一说很激动,说,真的吗?老人说,是的。但去龙山的路很远。

张秀才说,我不怕路远。

张秀才真的不怕远,真的去了龙山。他来到了善国寺,见到了方丈。方丈问张秀才从哪里来的。张秀才说从善州来的,是来求希望的。方丈一听善州,知道那里离龙山好几百里路呢,不停地走也要走上三天三夜呢!方丈问,你来求佛的吧?张秀才向方丈说了原委。张秀才说,我很爱她,可是她一点也不爱我。我是来求佛的,希望佛让她能够爱我。张秀才说这话时就一脸很痛苦的样子。

方丈说,好吧,跟我来吧。方丈把张秀才领到一个水缸前说,我这儿有个水桶,你把这个缸灌满水吧,灌满了你的希望就能实现了。

张秀才看了看,缸不大,但要灌满也得几天工夫。

方丈说,不要高兴得太早,水源在山下呢！路很远,也不太好走。你如果改变主意还来得及。

张秀才说,我怎么会改变主意呢。张秀才说着就拎起了水桶,说,我现在就开始灌。

方丈笑了笑,说,好吧,你开始灌吧！

张秀才就开始灌那个水缸了。张秀才以为那个水缸很好灌,可张秀才错了。路真的不好走,山道狭隘陡峭,稍不留神就会摔跟头,张秀才平日又没有干过重活儿,所以拎一桶水上山很难,每次都累得满头大汗,一天下来筋疲力尽,骨头像散了架似的。可是每次那个女孩漂亮的身姿就会在他脑海里盘旋。这时候张秀才就受到了一种力量的鼓舞,第二天张秀才又拎着水桶下山去了。

就这样,张秀才日复一日地拎着水桶上山下山。有时候张秀才也会放下水桶,欣赏一下龙山的风景,这时张秀才发现,龙山是这样的秀丽迷人,有一种人在画中的感觉。张秀才心想,我以前怎么没有发现呢？张秀才现在没以前拎水那样勤了,以前一天拎十来桶水,现在只拎三四桶水了。当然,方丈早就注意到了这个细节。方丈就笑了。

这天,张秀才又要去下山去拎水。方丈拦住了他,把他拉到了水缸前,让他去看看缸底。张秀才一看缸底,一下子惊住了,缸里一点水也没有,缸底有几道很大的裂缝。张秀才用一种迷惑的目光看着方丈。方丈说,我知道你一定很不理解,我为什么要欺骗你呢？方丈接着说,人世间的希望看是有的,其实是永远达不到的。方丈问,你知道你来的时候为什么这样痛苦吗?

张秀才问,为什么呢?

方丈说,那是你太关心你的希望了。刚开始你每天拼命地拎水,我就知道是你心中的她起的作用。你知道吗?这就是你活得苦过得累的原因啊!你错就错在没有看看缸低,看看你的希望能不能达到。

方丈说,后来,我发现你拎水一天比一天少了,我知道你在心里已经把她放下了,你对她的希望已经熄灭了。每天拎水只不过是你在我这里养成的一种习惯罢了,你也不关心缸什么时候满了。这说明你已经彻底解脱了。

张秀才听了方丈的话,知道方丈是在教自己啊!张秀才说,谢谢师父。

方丈说,你明白过来就好了。

张秀才说,师父放心好了,我再也不会像从前那样消沉了。我感觉现在过得很快活,我该下山了。

方丈望着张秀才的背影,念了声阿弥陀佛,然后就回了寺庙,把门关上了。

蘑菇转了一个弯

那一年,我大学毕业,为了留在南方的城市,我拼命地找工作,当时我学的是建筑设计专业,找了几家建筑设计院,但都不招

人。人家对我说,我们这里暂时不缺建筑设计方面的人才,你先来我们这里干个保安什么的吧,等有机会再安排你。我听了此话恼羞成怒,堂堂一个名牌大学生,让我去干保安,这不让人笑掉牙!我气愤地回绝了那家公司。

　　那段时间我非常苦闷,就回了趟老家。我老家在一个山脚下的小村庄。那天天气很不好,刚到家就下了一场雷阵雨。父亲问我为什么回来了。我便把大学毕业后的遭遇向父亲说了。父亲听后笑着说:"现在像你这样心态的人很多。"就这样,我和父亲闲聊起来。

　　雷阵雨很快就停了。父亲说,雨后,山上有很多蘑菇和木耳,咱们去采采,我给你做蘑菇汤喝。我高兴地点头。可当我和父亲爬到山上才知道,山上有很多人在采蘑菇。父亲告诉我,这里的蘑菇很出名的,周围的人都知道,咱们晚到了一步。我听了很失望,想今天的蘑菇汤喝不成了。父亲说,咱们摘一些山果回去吧!这里的山果没有打过农药,也是绿色食品呢!

　　我和父亲摘了满满一麻袋山果,这时候我才发现,山上的人都已经下山去了。父亲说,今天有的你帮忙了,摘的山果太多了,咱们也吃不了这么多,这种鲜东西,搁几天就会坏的,咱们一起背到山下小镇,卖给水果店。我和父亲把水果背到了水果店,没想到还真卖了不少钱。父亲让我在水果店等他片刻,我点了点头。一会儿父亲就回来了,拎了满满一袋子东西。我们回到了家,父亲给我做了一锅蘑菇汤,我很吃惊,蘑菇不是都让人采走了吗?父亲看出了我的疑惑。父亲说,蘑菇是我用卖水果的钱买的。也许你不知道,这些蘑菇不是人工培植的,而是山上雨后自然生成的,我们这里的人喜欢在山上采摘一些东西去卖钱。父亲告诉我,很多人都去抢那个东西的时候,我们不一定能够顺利得到,有时候我们不得不走一些弯路,这是没办法的事。我明白父亲的用意了,父亲是在用这件事启迪我啊!

后来,我还是去了那家公司,做了保安,在那里,我终于找到了机会,让领导发现了我的才能。当时领导很惊诧地问我,原来你是这方面的专业人才,怎么愿意做保安呢?我告诉他,我不来公司做保安,你怎么会发现我的才能呢!父亲教我学会了,让蘑菇转了一个弯。

生活禅

困境是一条狗

那时候生活的压力让我喘不过气来,我感觉自己成了生活中的可怜人。我开始不满生活的一切,那天我走在一条街上,看到一群孩子被一条狗追着,孩子们可能被吓坏了,没命似的跑。我感觉生活的困境就像一条狗,咬得我无处可藏,这时我就想出去走走,离开这个地方。这时一个乞丐从我眼前走过,我觉得乞丐活得都比我幸福好几百倍,我对乞丐说我跟你走吧。乞丐同意了。我便跟乞丐走,和乞丐生活了一天,我才知道乞丐生活得也不容易,特别是路上那些人的冷嘲热讽和轻蔑的目光,使我无法承受,我才知道做个乞丐比想象中的难。一天,我和乞丐走在一条无人的街上,从一个门口跑出来一条狗,见了我们张口就咬,我

吓坏了,撒腿就跑。这时乞丐说,不要跑。乞丐不慌不忙地一弯腰,那条狗就逃了。乞丐说,你知道你为什么在困境里走不出来吗?看到了困境只知道拼命地奔跑,反而使自己越跑越狼狈,结果只能使你无处可逃。对困境你应该勇敢地去面对,只要巧妙地弯一下腰就能过去。困境就不会像你想象的那样可怕。

我懂得了这个道理,对乞丐说,我该回去了。说完,我便朝着来路走去。

真 意

方丈告诉小和尚,他明天要出趟远门,很晚才能回来。他还告诉小和尚,明天庙里要来两位客人,这两位客人是师父最好的朋友,他们是来给佛祖上香的。让小和尚不要偷懒,千万不能怠慢客人,要小和尚去后山摘些桃子,来款待他们。

小和尚点头答应了。

次日,方丈一早就出远门了,并把昨天的话又嘱咐了小和尚一遍。

小和尚对要来客人的事半信半疑的。小和尚本打算和伙伴们去掏鸟窝的。但小和尚是一个听话的孩子,他不敢违抗方丈的话,就去了后山摘桃子。后山的桃子今年真奇怪,以前这个季节是不熟的,现在倒是熟了。小和尚会爬树,摘几个桃子不是什么难事。很快,小和尚就摘满了一篮子桃子。

小和尚高高兴兴地从山上下来的时候,看到庙门前站了两个人,一老一少。老人看到小和尚,老人说,我们是从下面小村庄来的,来给佛祖上香的,打扰小师父了。

小和尚说,施主客气了!今天师父走的时候说了,安排了,说是有两位朋友要来给佛祖上香。

老人大吃一惊,说,哎呀！方丈真乃高僧啊！连我们要来上香也知道。老人和孩子走到佛祖神像前,给佛祖上了香,许了愿。

小和尚把洗好的桃子给两位客人食用。

吃了桃子,老人说,我们该走了,谢谢小师父,并请小师父转达我们对方丈的谢意。

小和尚念了声阿弥陀佛。

傍晚,方丈回来了,小和尚把今天客人来的事告诉了方丈。

方丈很奇怪,刚才路过他们家的时候,一老一小说家中有事,不能来许愿了。

听小和尚说完,方丈猛然悟出了禅理,念了声阿弥陀佛,说,人世间的事,真是无意才是真,有意便是假！

换 马

张秀才和刘秀才进京赶考,在一个县城的客栈相遇。刘秀才看上了张秀才的马,说,张秀才你这马不错啊！

张秀才笑着说,可不是,我这可是一匹千里马啊！

刘秀才不相信。

恰巧,这个县城一个有名的相马师也来客栈住宿,号称当世"伯乐",看到这匹马大吃一惊,说,好马啊！千里马！这是一匹千里马啊。难得！

张秀才说,是啊！我从千里之外的小镇一口气赶到此处,一路没有停歇。

刘秀才牵过自己的马,让相马师看,说,这匹马怎么样？

相马师瞟了一眼刘秀才的马,哈哈大笑,说,你那是一匹普通的马！

刘秀才说,师父好眼力,这是我刚从市场买来的。

张秀才说，我用千里马跟你换怎么样？

刘秀才简直不敢相信自己的耳朵。

张秀才又说了一遍。

刘秀才才相信这是真的，高兴地说，你真和我换，我也不占你便宜，我再给你几两银子。

就这样，他们把马换了。

相马师笑着说，刘秀才上当了。刘秀才问，这不是千里马？

相马师说，当然是千里马。

刘秀才说，是千里马就好。

结果，刘秀才晚到一天，错过了考期。

张秀才赶上考期金榜题名。

刘秀才看到张秀才，疑惑不解地说，我骑的是千里马，为什么还跑不过你？

张秀才说，再好的马也有累的时候，千里马已跑了千里路。再好的马也会疲惫的，你这匹马还没有开始跑，后劲很足。所以，我要换你的。

刘秀才恍然大悟，悔之晚矣！都是喜欢占便宜害了自己啊。

鸟的天堂

方丈收了两名弟子，悟空和悟了。方丈年岁已近古稀，他想从两人里选出一名，来主持寺院的工作，当自己的接班人，但平日两个徒弟都表现得差不多，很难分出上下，方丈决定来考下他们的悟性。

这日，方丈对两个弟子说，我平生最喜欢鸟，你们有什么办法给我捉来？

悟空听了方丈的话，就下山去了，说要给师父带来最美丽的鸟。

悟了哪里也没有去,就在寺院的院子里挖坑。

方丈很奇怪,说,悟了,我要的是鸟,你给我挖坑做什么?

悟了说,师父,你以后就知道了。

当悟空给师父用笼子拎来了几只鸟的时候,悟了已经在寺院栽好了几棵树,悟了看到悟空拎来的鸟,就走上前把笼子打开,把鸟放了,鸟获得了自由,高兴地飞到了树上。

悟空很生气,好不容易给师父找的鸟,让悟了放了。

方丈笑着问悟了,为什么这样做?

悟了说,真正喜欢鸟的人,就应该懂得笼子是鸟的地狱,天空和树木才是鸟的家园。你忍心让你喜欢的鸟在地狱里吗?你让笼子的鸟吃得再好,它也是不快乐的,它的叫声也是一种哀鸣,爱鸟的人能依鸟的快乐而快乐,依鸟的哀愁而哀愁,这才是真正的爱鸟之人。你看,我已经在这里栽下了梧桐树,我们已经给鸟儿建好了家园,到时候鸟儿会自己飞来,那个时候和鸟儿在一个院子里,才是最大的快乐。

方丈微笑地点了点头。

输赢之间

和尚上山砍柴归来,在下山路上,发现一个少年将捕到的一只蝴蝶捂在手中。少年看到和尚说,和尚,我们打个赌怎么样?

和尚问怎么赌。

少年说,你说我手中的蝴蝶是死的还是活的。你说错了,你那担子柴就归我了。

和尚同意,说,你手上的蝴蝶是死的。

少年哈哈大笑,说,你说错了。少年把手分开,蝴蝶从他手里

飞走了。

和尚说,好！这担子柴归你了。说完,和尚放下柴,开心地走了。

少年赢得一担柴,高高兴兴地挑回家,把详情告诉了父亲。父亲也是位参禅悟道的居士。他听儿子说完,伸手给了儿子一巴掌。说,你啊！你真赢了吗？你输也不知道怎么输的啊！父亲让少年担起那担柴,给和尚送去。

少年的父亲看到和尚,说,师父啊！我家孩子得罪了师父,请师父原谅,柴我给你送回来了。少年疑惑不解。

少年的父亲对少年说,师父说蝴蝶死了,你才会放了蝴蝶,赢得一担柴。可是师父赢得的却是慈悲。

和尚把柴收下,说,阿弥陀佛。你用这担柴,把你的慈悲换回去吧！

经验的陷阱

他在大城市里混了多年,但并不如意,总是顺利一阵子,接着又陷入了困境,有时候还被朋友欺骗,他感觉很困惑,很苦恼。终于,他厌倦了这个城市,回到了故乡,故乡远在一个小山村,故乡还有一位年过古稀的父亲。

父亲看到他突然回来,一身狼狈落魄的样子,便什么都明白了。父亲什么也没说,只是苦笑了下。

晚上,他和父亲在老屋里喝酒,聊往事,聊大都市的生活,聊他能够想到的。父亲一言不发，只是默默地听着。后来，父亲说，儿啊！你阔别家乡多年，很久没爬山了吧？走，咱爷俩出去溜达溜达。咱们山上来了一位道长，我们找他聊聊天。

他很吃惊，以为自己听错了呢！这么晚了，爬山干什么。他还来不及多问，父亲拍了拍屁股说走吧。

他们就这样上山了，天很黑，没有月亮，天上稀稀拉拉的星星也是没精打采的，一副想睡觉的样子。他有些怕。父亲说，还记得我当年背你去镇上医院吗？是的，那一年他五岁，夜晚突然发热，浑身如火烤一般。那时他家很落魄，连自行车也没有。母亲吓哭了，父亲说怕什么，马上背起他，走了整整二十里路才到乡镇医院。他怎么能忘记呢！突然，"扑通"一声，他被山路上的一块石头绊倒了。

父亲过来把他拉起来。他很奇怪，明明是他跟在父亲后面走的，父亲没摔跤，他怎么摔跤了。父亲说，我知道你在想什么，我知道那地方有块石头，我早轻轻绕过了。你光留意我身子，没看到我的脚！今天不去了，回家吧！

过了两天，父亲突然又喊他上山。天气和那晚一样，伸手不见五指。这次又到了他昨天摔倒的地方。父亲提醒他，这是你摔倒的地方，你小心一点。他说，我知道，这次别想摔倒我了，我知道那里有一块石头。父亲说，那好，你在前面走吧！这次他很小心，很仔细地看着脚下。没想到的是，那地方空空如也，大石头也不知道让谁搬到一边去了。他说，白小心了一场。父亲说搬了更好，你先去道观等我，我方便下。

他和道长一见如故，很投缘，聊到深夜才下山。

没想到的是，他们在回家的路上，在原来摔倒的地方他再次摔倒。他很恼怒，不是没有石头吗？怎么谁又搬回来了？

父亲说，是我。你刚才先上山的时候，我就把石头搬了回来。

他很疑惑，你搬石头干什么？

父亲说，摔你，把你摔倒。你第一次来此处，摔倒了，你再来就小心了，没想到石头没了，你回来的时候，又粗心大意，结果又摔倒了。你的失败源于你的墨守成规，经验可以帮你成功，但也会把你摔倒。

他恍然大悟，自以为是的经验让他吃了不少苦头。没多久，他又回到大城市，思路不断创新，灵活地运作市场，果然他就成功了。

刀疤为鉴

那一年，我在村小学就读。一天上课，发现自己的钢笔丢了，又看见同桌用的一支钢笔和我丢失的一模一样。在这以前，我从来没见过他用过这样的钢笔，这分明是偷我的。我便和同桌吵起来，他始终不承认钢笔是他偷的，我气急败坏地从书包里拿出了削铅笔的小刀，在他脸上狠狠地划了一刀。血立马流了出来，我看到这情景，吓得扔掉刀子跑回家。不想在自己的床头上找到了那只钢笔，我对自己的冲动后悔不已。

多少年过去了，我已成了大人，和一个女孩谈起了恋爱。一次，她下班，我去接她，在不远处，我看到了许多恋人都不愿意看到的一面。她正和一个小伙子走在一起，两人非常亲热。这时，我心中的火立马上来了，我想到了我们平日的甜言蜜语，恩恩爱爱,还有花前月下的山盟海誓。我的心受到了极大的伤害。我想冲上前去,狠狠地把这对狗男女痛打一顿。但就在这时,我脑海之中,浮现出了十多年前我拿刀刺伤同学的一幕,我冷静地放弃了,很平静地回到家中。这时女友也回到家中,她高兴地把领来的男孩介绍给我。原来,这男孩是她的表弟,刚从外地上学回来。我笑着迎上去,在心中不免为刚才的冲动羞愧不已,幸亏刚才没有一时冲动犯下大错。

单位减员增效,主管这事的是和我关系一直不错的朋友,他第一个就让我下了岗。当时我火冒三丈,仿佛受了最大的欺骗,在最紧要的时候他出卖了我,我愤怒地拿着刀,去找他算账,可到了半路上,十几年前的那件事又在眼前浮现。在我犹豫之际,理智让我放弃了这种愚蠢的做法。次日,那个朋友就来找我。他也下了岗,他是自愿的。他想自己开公司,他说我是个人才,到哪都会比现在这个单位有前途,他想让我和他一块干。不知出于什么原因,我谢绝了他的邀请。多年后,我经过一番拼搏,在事业上已经有了自己的一片天地。在某一夜晚,独坐窗前静思,我突然想起那个让我下岗的朋友,心中不免对他充满感激之情,要不是他让我下岗,我可能还在那个单位平平淡淡,一事无成呢! 感激之余,我拿起了电话,给他捎去一声温馨的问候。

人活着,积累的人生经验越多,越明白三思而后行的妙处。不要一时冲动,犯下错误,在心上为自己留下一块刀疤。人的心灵上,往往有刀疤的地方最为坚硬,因伤疤会时刻提醒你,那地方曾是你的痛,让你不要在同一个地方再摔倒和受伤。

鞋匠与上帝

鞋匠在明媚的阳光下,悠闲地修一双皮鞋,困了就打个小盹,自由自在的日子让鞋匠感到很幸福。

上帝经过这里,看到了鞋匠,便让他修补下自己的鞋子。鞋匠接过上帝的鞋子,鞋子满是芳香,鞋匠搞不明白,就问上帝,说,别人的鞋子都充满了脚气,都是难闻的臭味,为什么你的鞋子这么香?

上帝说,愚蠢的人啊!你们的鞋子在为欲望不停地行走,里面装满了邪恶,那是邪恶的气味。我走的是普度众生的道路,里面装的是善良,是博爱,是人性的芬芳。所以,别人的鞋子和我的鞋子是两种不同的气息。

鞋匠很感叹,说,我今天能闻到这么美妙的气味,能听到这么善意又真诚的话语,这是我的福气啊!我免费修补你的鞋子。

上帝说,善良的人,你可以向我提出一个愿望,我帮你实现,算我对你的回报。

鞋匠想了想说,好吧,让我到一个不错的单位上班,可以吗?在这里,这样的天气还好,但到了刮风下雨的日子,我就如同生活在地狱里一样。

上帝答应了他的愿望。

鞋匠不再是鞋匠了,鞋匠成了一家公司的职员。

上帝看到鞋匠空空荡荡的位置,自己就坐了下来,帮过路人修鞋,上帝成了鞋匠。

鞋匠现在很忙,每天都匆匆忙忙地路过上帝的鞋摊。上帝让他过来歇歇脚,说,你这样赶路,鞋会受不了的,歇歇吧!

鞋匠说,不行啊!很多事情等我去办,知道吗?我们办公室的主任要退了,我要努力干出成绩,争取得到这个位子。

上帝摇摇头,苦笑了下,说,可怜的人啊!你的鞋子已经开始装满欲念了。

数月后,鞋匠如愿以偿地当了主任,也坐上了小轿车。路过上帝的鞋摊,上帝说,你的鞋子有些破了,我给你修修吧!

鞋匠说,没有时间,现在有很多事情和关系要处理,改天吧,现在我不用步行。

上帝叹道,你真是个愚蠢的人啊!

很快,鞋匠又当上了总经理,现在更忙了。

有一天,鞋匠又经过上帝的鞋摊。上帝说,可怜的人啊!你鞋子的口子很大了,再不修补怕不能穿了。

鞋匠说,不用修了,到时候就会有人给我送双新的。

当然,鞋匠还没有等到有人给他送新鞋,就出事了,贪污腐败,进了牢房,这下有时间了,鞋匠蹲在班房里,闻到一股臭味,原来是自己的鞋子里发出来的,鞋子已破烂到极点,奇臭无比,连鞋底也没了,脚都磨破了,还起了脓。鞋匠想,当时怎么没发现呢!看着自己的鞋子,鞋匠哭了,通过班房的窗口,看到了在明媚阳光下的上帝,像极了以前的他。

这个时候,鞋匠醒来了,原来,他打盹做了个梦,回味这个梦,鞋匠的脸就红了,他猛然明白,自己和上帝其实没有多大的区别,只要停住欲望的脚步,自己就是那明媚阳光下的上帝!

小人物

小人物什么也不少,有手有脚有鼻有眼,五官端正。在这里称呼他小人物,是因为他在我们这幢楼里身份太小了,这样说吧,我们这幢楼,从一楼到五楼,都是有身份的人家,一楼是电视台的一个主任,二楼是一个局的局长,我从他门口过,常见很多人拎着大包小包地站在门口,门开了,那人点头哈腰地说,刘局长好。我想都是局长了,都有人送礼,肯定是个不错的单位了,还有学校、银行的都不要说了。我和小人物都在六楼,虽然没有多少人给我送礼,但我起码也是一家医院的一个副院长,小人物是一个煤矿的矿工。其实,我原先的邻居不是他,是个房地产开发商,很有钱。他是钱多得没地方花,就买了这房子,他有地方住,就贴了一个广告,把这个房子租出去了,就来了这个邻居。

刚来的时候,我和小人物喝了一次酒。说也巧,他搬来没几天,他家孩子就发高烧,他那从乡下来的老婆痴痴呆呆的,他又在矿上,还没回来。我一看发高烧,就给我医院打了个电话,让车接走了,由于医院知道这个病号是我的邻居,在各方面都给予了照顾。

事后,小人物感动得不得了,非拉我去喝酒,表示感谢。我不想去,让别人看到,会怎么说呢。就一点小事儿,还让人家破费。但他执意要去,他是个很固执的人,是典型的乡村人的性格,我只好去了,但我不能白吃他的,我拿了一瓶酒,他不想让我拿,我说你不让我拿酒,我就不去。他没招儿,就同意了。

我们选了一家很一般的酒楼,我知道他挣钱不容易,我不能让人家太破费。他告诉我,他原先在老家农村一切都是老母亲照顾,现在母亲不在了,他那婆娘脑袋又不怎么灵光,现在矿上有进城的专车了,他就把家搬来了,在农村,能娶上老婆有个孩子,就算是光宗耀祖了。

我听了就笑,是啊,只要你命中有的,自然会有。

他说,我对生活也没什么过高的要求,只要平平安安回家,看到她娘俩就行了,现在人都求官求财的,咱不求。

我说,知足就好,知足就好。

在我们这幢楼,很多人都是用车接孩子上学,车大多是单位的。那是大人物显示自己身份的一种象征。小人物什么都没有,他就那辆破自行车,晃晃荡荡的,已经很陈旧了,每天用它接送孩子上学。但小人物脸上每天都是喜悦的。

小人物天天买菜,总是用一个黑色的方便袋,让我们产生了好奇心,小人物不像那些大人物,总喜欢用白色或者红色的袋子拎一条鱼进家,鱼是那样的鲜活,在袋子里拼命地跳跃,使袋子的水洒在楼道。待会儿楼道里肯定充满着鱼肉的香气,小人物上楼的时候,总是屏住呼吸,然后深深地吸上一口。我很少闻到从小人物家里飘过来的鱼肉的香味。

小人物不会永远小下去,也许在哪天他抓住了一个机会就成了大人物。这个机会来了,也让小人物遇到了。那天,天很热,二楼的局长一家人在外面吃饭,局长的女人提前回家了,也许天太热,她回家后,根本没留意家里进了小偷,就直接进卫生间洗澡去了,当然是小偷先发现了她,让小偷高兴的是,她进卫生间洗澡去了,小偷就乘机从门口逃走,谁知道,她出来拿毛巾,看到小偷正要溜走。小偷刚打开门,她顾不上穿衣服,就紧紧抱住小偷的腿,就这样俩人在客厅厮打开了，碰巧，小人物上楼，听到里面厮打，还有女人叫喊的声音，想都没想就撞开门冲了进去，眼前的一切让小人物震惊了，见女人光穿个三角裤头，裸露着雪白的身子，还有丰满的乳房。女人看到救星，就喊，兄弟，他是小偷。小人物一听，回过神来，小人物是干的体力活，手劲相当大，他抓住小偷就是狠狠几拳，立马把小偷打趴下了，女人慌忙进屋穿衣服。

小偷被抓进了派出所，小人物出名了。一楼的人说，我一定让他上电视新闻。局长也表示感谢，并给小人物送去一千元。小人物说什么也没有收。让小人物高兴的是，他要上电视了。小人物不在乎什么英雄不英雄的，就是想上个电视过过瘾，那天电视台报社来了人，采访了他，当然，一问一答都是记者设计好的。

后来几天，我一直关注本市的电视新闻和报纸，但一直没播也没刊登出来，让我意外的是，小人物搬走了。有天房东来我家，我问，你怎么让人家搬走了？

房东说，二楼的刘局长来找过我，说他天天上楼的声音太响，不懂规矩，闹得楼上楼下都休息不好，让我把他撵走。真有这事吗？

我说，你说呢？

桃花盛开

李纬又梦到了桃花，还有桃花下的她。那时候他们青春年少，萌发着青春的情愫。他们的心就像朵朵含苞待放的桃花。她叫媛儿,是李纬青梅竹马的同村玩伴,又是同班同学,他们当时一块儿上小学、初中、高中。他们那时没什么地方去,唯独喜欢这个桃花园,他们常常一起来此处看书,也是在这里,他们偷吃了"禁果"。此后,李纬考上了大学,学业、事业一路顺畅,直攀现在局长这个位子。而媛儿运气就没这么好了,高中毕业没考上大学。他们当时山盟海誓,李纬说,一定回来和她结婚。可是他的不断辉煌,冲淡了他当初的誓言,冲得连影儿也没了。

后来,媛没再等他,嫁了人,嫁给了村里一个很普通的乡村教师。

但在李纬的内心深处里,他知道媛儿在恨他,他回乡村,每次都去桃园,桃花依旧笑春风,唯独不见故人来,想到这里,李纬脸上挂满泪珠。

李纬有个大学同学海蒙,现在是这个市的千万富豪,负责各大工程的项目,因为业务的关系,他们走得比较近,常常在一起开怀畅饮。这次,他和海蒙在一起喝酒,他说,海蒙,我又梦到桃花了。海蒙很了解李纬,知道他当年的初恋,男人都有怀旧情结,特别是事业成功的男人,怀旧情结就更浓了些。海蒙当然也知道李纬在怀念初恋情人。在大学的时候,李纬和海蒙聊过他和媛儿的故事。

海蒙说,你多久没回乡村看看了?

李纬说,自从父母病故以后,已经五年了,忙啊!

海蒙说,李纬,这就是你的不是了!你应该回去啊!想回去看看吗?想回去看看桃花吗?

李纬说,怎么能不想呢!现在是秋天了,哪有桃花啊!还是等明年春天吧!明天春天桃花盛开,你开车陪我一起去。

海蒙说,不!我们就这几天去,我不光让你看到桃花,我还要

给你个惊喜。

李纬说,什么惊喜啊?说来听听。

海蒙说,竟然是惊喜,就不能让你提前知道了。

李纬说,好吧,我就看看你会给我一个什么惊喜。

半月后,在秋后的一个周末里,李纬和海蒙开车回村。

在村口,早站满了男女老少,村主任带头。

李纬说,海蒙,我只不过是想回老家看看,村里怎么知道?是你小子通知的吧?

海蒙笑着说,你就不要问了。

他们下了车,村主任四海走上前说,欢迎李局长来村考察。

李纬说,四海叔,你这是干什么?我只不过是回家看看,你这是干什么?让父老乡亲来骂我啊!

四海说,岂敢岂敢,你现在是身居高位,呼风唤雨了,那是咱村的骄傲啊!请李局长去村委会喝茶!

李纬和海蒙被村里的一伙人拉拉扯扯地请到了村委会。

在村委会喝了会儿茶,四海说,李局长!那个款的事?

这句话把李纬问愣了,李纬说,款?什么款?

海蒙忙说,这个我提前没告诉你,我已经以你们局的名义给你们村敬老院捐了十万元,就等你点头了。

李纬听了立马微笑着说,好你个海蒙啊!

海蒙说,四海村主任放心,李局长会同意的,他不同意,我也会捐给你们的。

四海说,有海经理这句话,我就放心了。

海蒙说,桃园怎么样了?四海说,差点忘记了,都已经弄好了,走,请李局长参观桃园。

李纬说,好,先去桃园看看。

他们来到桃园,李纬想看什么呢。已是秋天了,叶都落了,就看秃枝。

走进桃园,李纬被眼前的景象惊呆了,粉红的一片就在眼前,满园的桃花,娇艳欲滴,他简直无法相信,秋天里怎么会有桃花盛开,他走近桃树,闻了闻,真的是桃花的香,他用手摸了摸,才发现这些桃花都是布做成的,桃枝也是捆绑上去的,但远看和真的一样。李纬说,你们真是用心良苦啊!你们怎么想到这么做的?

海蒙说,这个简单,我看过电视剧《橘子红了》,那满枝的橘子其实都是挂上去的,我大受启发,我们何不也搞个人工桃园呢?

四海笑着说,李局长,你再往前走走,有个人等你呢!

李纬说,谁啊?

四海说,你过去就知道了。

李纬就向前走去。四海和海蒙悄悄地退了出来。

李纬走过去,见前面站着一个女人。李纬在心里也猜得差不多了,是媛儿,肯定是她。他前几次来村,媛儿总是躲着不肯和他相见,这次怎么来了,这让李纬百思不得其解。

媛儿见他过来了,才抬起头说了句,来了?

李纬说,来了!他定眼看媛儿,媛儿还是和以前一样好看,比以前更有风韵,但也略显憔悴了些。他的心像被针扎了一下。

媛儿说,到我家坐坐吧。李纬点了点头。

来到媛儿家,在堂屋,李纬看到一个人的黑白相片。媛儿说,他死了。

李纬吃惊地问,怎么死的?

媛儿说,那天教室漏雨,他掩护孩子逃离出去,一个柱子掉下来了,砸在他的头上。

李纬沉默不语。

媛儿突然转身抱住他,说,李纬,我没求过你什么,今天就当我求你一次,为村里的孩子做点什么吧!学校的教室大都是危房了。

李纬很为难,说,让我考虑下,考虑下。

回来的路上,李纬沉默着。

海蒙说,今天看桃花,你还满意吧!?

李纬长叹了一口气说,今日桃花非往昔的桃花了。

深夜抢劫

最近工地一带很不平静,周围出现了几起抢劫案,其中一次,歹徒还用刀子把一个妇女扎伤了,歹徒大都选择在晚上作案。公安局也发出通缉,希望有知情人提供歹徒线索,并对举报人给予五千元奖励。可到目前依然一无所获。

工头告诉手下的民工,大伙晚上出去小心点,如果真的需要买什么东西,最好两个人结伴出去,真的遇上了拦路抢劫的歹徒,也好有个照应。

工地上,有个中年人,今年约莫四十岁,大家叫他老张。工头说这话的时候,他正在玩弄手里的一把水果刀。有民工给工头打小报告,说老张最近老在晚上出去,因为大家都睡在一个帐篷里,谁出去不出去,大伙都知道。这引起了工头的注意,老张在工地待的时间比较长,工头对老张的为人还是比较信任的,他不相信老张会出去干什么违法的事儿来。但又有民工反映,说此一时彼一时,听说老张的老娘在乡下得了重病,老张需要用钱,脑袋一发热,说不准就会干出点违法乱纪的事情。

工头对这件事还是颇为谨慎的,现在没什么证据,他也不好说什么,万一误解了,就麻烦了。工头就暗地里提醒下老张,老张,最近治安不太好,出去可要小心,真的有事最好找个同伴一起去。

也不知道老张听出什么暗示没有,老张只说了句,谢谢领导关心。

这天晚上,街上又发生了一起抢劫案,被抢的是一名下班回家的妇女。当晚,警察还来工地看了看,说,你们工地发现可疑人员要及时跟我们联系。警察说完就走了。大伙立马想到了老张,这个时候老张还没有回来。

老张很晚才回到工地,带着一身的疲惫,大家用可疑的眼光看老张,有的工友故意问老张干什么去了。老张说,没事,出去溜达溜达。

有人又偷偷地把这件事告诉了工头。工头对老张还真有些怀疑,万一工地真出了抢劫犯那就麻烦了,工头就让几个民工晚上跟踪老张,看老张到底干什么去?

又到了晚上,老张依然独自出去了,有两个民工就跟踪老张,老张在街巷乱转,那两个民工说,老张好像在找什么东西似的,不会是寻找机会作案吧。另一个就说,这个可不好说啊!突然前方一声尖叫,大喊抓贼啊! 只见老张猛冲过去,和那个歹徒打了起来,那两个民工吓得不敢靠近。也许,那歹徒感到不是老张的对手,就扎了老张一刀,然后,撒腿跑了。老张受伤了。那两个民工这才慌忙跑过去,把老张送去医院。医生说,没扎到要害,不要紧的。那两个民工说,我们都误解老张了。原来老张是出去见义勇

为去了。老张说,我母亲有病,急需要用钱啊!我听说抓住歹徒有奖励,我就想逮住他立功,没想到让他跑掉了。不过我已经知道这个歹徒是谁了!大伙问他是谁,老张说先保密。

警察来到老张病房,他们要大伙先出去,说有事要和老张谈。

警察从老张那里走了没多久,工地就有一个年轻人被抓走了。因他在外面租房子住,大伙都没想到是他,真是知人知面不知心。

老张没大碍,几天就出院了。警察给老张送来了奖金。老张提出要求,想见见这个年轻人。警察同意了。

老张见到他的时候,老张说,我弄不明白,你年纪轻轻的,为什么干这个勾当?

年轻人说,我也是没办法,我从小没有爹娘,和我弟弟相依为命,我弟弟考上了大学,需要钱。

老张说,你知道我为什么向警察举报你吗!我想你还年轻,我情愿让你在监狱里蹲几年,也不忍心看你最后把脑袋搭进去。

年轻人低着头,哇哇地哭了。

后来,这个年轻人的弟弟收到了一个陌生人的汇款,整整五千元。

谁伤害了雪儿

雪儿是个很美的女孩,是让男人见了就往更美的事儿上想的那种美。可在来A公司之前,雪儿一点儿也没有在意过自己的美丽。那天,坐在对面的吴姐看雪儿看得眼都直了。雪儿长这么大,还没有让人这样看过,雪儿让吴姐看得很不好意思,觉得很别扭。雪儿问吴姐,雪儿说,吴姐,你今儿怎么了?为啥这样看我?

吴姐一听笑了,说,雪儿,你有没有发现一件事?

雪儿说,啥事?

吴姐说,你很美。

雪儿让吴姐说得愣愣的,雪儿就用手去摸吴姐的额头。

吴姐知道雪儿为什么摸自己的额头,吴姐说,雪儿,你不相信我啊!说着,吴姐就从包里拿出一面镜子来,对雪儿说,你真的很美,你看你的眼睛你的鼻子你的嘴唇,要多迷人有多迷人呢!说完,吴姐就把镜子丢给了雪儿,走出了办公室。

雪儿拿着镜子,仔细地看着自己。雪儿惊奇地发现,自己真的很漂亮。雪儿便恨自己发现得太晚。这感觉就像一颗夜明珠被埋在了地下多年,没发光一样。

经吴姐这样一传,公司里都知道了有个漂亮的女孩叫雪儿,别的科室的人就寻找各种理儿,来目睹雪儿的芳容。见了雪儿,他们便笑了。这笑让雪儿很受用,心里便甜甜的。也有胆大的小伙子,看了看雪儿就说雪儿你真美。雪儿听了,很不好意思了,便低下了头。没事的时候,照镜子成了雪儿的必修课,雪儿想,在上学的时候,怎么没发现自己的美丽呢?那时候光知道学习,什么也不去想。在校园的时候,雪儿是个很少注意自己容貌的女孩,别的女孩子都在用心打扮自己,那时的雪儿把所有的心思都用在了学习上。因此就错了发现自己美丽的机会。现在雪儿要找回那时候的损失,想办法把损失补回来,损失是很好补的。雪儿开始注重自己的衣着打扮了,开始喜欢往美容院跑了。公司的人发现,看上去美丽的雪儿,现在更加美丽动人了。这时候就有许多不错的男孩子追求雪儿,雪儿看着自己美丽的容貌就想,自己怎么可以答应他们呢?那样就太对不起自己的这张脸了啊!这样一想,雪儿对那些男孩子的追求就视而不见了。

雪儿的美丽自然也引起公司领导的注意了。领导也知道了公司有个漂亮的女孩叫雪儿,领导不是那种光喜欢想的人,还喜欢付诸行动。李经理就是这样一个喜欢想一些好事且更喜欢付诸行动的人。李经理看过雪儿后,就开始想一些和雪儿有关的好事了,而且故事的主角还是自己,想着想着,李经理就不想想了,想行动了。李经理是雪儿的顶头上司,他让雪儿做了秘书。雪儿感觉身上多了不少的光环,知道自己这颗夜明珠终于被发现了,发光了。雪儿被这样的快乐和幸福淹没着。雪儿是明白人,知道快乐和幸福是谁给予的,知道做人是不能忘恩负义的,这个雪儿懂。雪儿开始有点儿想报答李经理了。其实报答一个人是很容易的,李经理就是这样一个很好报答的人。雪儿说,李经理,我请你吃饭吧。李经理说,好啊。雪儿就请李经理去吃饭了。饭是很好吃的,饭很快就吃完了。故事就这样结束,那就太单调了。李经理不想让故事单调。不想让故事单调是很容易的。只要再发生点故事就可以了,李经理想发生点故事了,李经理说,雪儿,我请你去喝咖啡吧?雪儿说,好啊!他们就去喝咖啡了。喝咖啡的时候,李经理狡猾地看着雪儿说,雪儿,你很美。雪儿一听就笑了,笑得很甜很美。因为雪儿知道,这不是一般的人夸,是领导夸自己呢!李经理是明白人,知道下面该怎么做了,李经理说,雪儿,去我家坐坐吧!这次雪儿没说好,但脚却不由自主地跟李经理走了。后来的事情在雪儿的脑海里就一片空白了。这是后来雪儿在回忆中说的。雪儿觉得有些事情做得不应该,但做得又是那样的顺其自然。

公司里有更多的人说雪儿漂亮了,那些人都笑着对雪儿说,雪儿,你越来越漂亮了。只是这笑的背后隐藏了什么。只是雪儿感觉不到罢了,因雪儿早让另一种美丽淹没了。

人是很喜新厌旧的。李经理就是这样的一个人。李经理很快就对雪儿厌倦了,用李经理的话说,再好吃的东西也有厌的时候。不过李经理是个很聪明的人,他很快发现了雪儿身上的新价值。有一天来了位客户,李经理就把雪儿拉过来,在雪儿耳边低语一番,雪儿就拼命地摇摇头。李经理生气地说,雪儿,这是一条大鱼,你是在为公司作贡献。雪儿就被李经理推进了客户的房间。

后来,李经理出事了,事很大,把雪儿也牵了进去。雪儿也不能在公司干了,在那里,雪儿成了一个声名狼藉的女孩。公司的人看见雪儿就说,雪儿,你真美。然后就是一阵刺耳的笑声。

雪儿一个人在咖啡屋喝咖啡。这时,从外面走进来一个男孩,男孩也要了一杯咖啡,男孩看见了雪儿,男孩说,小姐,你真美。雪儿一听,哭了。男孩弄不明白了,男孩想,说你美,你怎么哭了呢?难道美丽也能伤害人吗?

男孩就怎么也想不明白了。

蝴蝶梦

金梅站在蓝妮面前,蓝妮就看傻了眼,金梅看着傻傻的蓝妮,哈哈地笑,笑得像一把火在熊熊燃烧。这把火就烧到了蓝妮的心坎上了。金梅离开蓝妮家的时候,留下一句话给蓝妮,蓝妮,凭你这模样,到城里混两年,肯定比我强。

这句话,闹得蓝妮一夜没合上眼,她竟偷偷地跑到镜子前一遍又一遍地照自己,心里塞满了自信,心想,自己的样子不比金梅差,甚至还要耐看哩!金梅到城里打工才几天,那名贵的衣服穿上了,高贵的化妆品也用上了,更可喜的是,身上还有股很好闻的香味呢!

人不能有心思,一有心思,就会把人压得病恹恹的。可蓝妮就有了心思,那心思是金黄灿灿的,更把蓝妮压得病恹恹的了。蓝妮从小没了爹娘,跟着爷爷相依为命。爷爷是个老理发匠,在村里开了理发店,为村里人理了一辈子发,自然也穷了一辈子。蓝妮初中毕业就辍学了,跟着爷爷学理发,真是青出于蓝而胜于蓝,蓝妮剪得比爷爷还要好,每听到人这样说,爷爷的眼睛就笑成了一条缝,村里人知道他为什么笑。所以,村里人常爱这么说。这天,蓝妮给村里人理发,理得心不在焉,理得一塌糊涂。爷爷在一旁看得直摇头。待顾客走了,爷爷狠吸了口烟,问,妮,告诉爷爷,你在想啥呢?

蓝妮手里的剪子抖了一下。蓝妮说,没哩!

爷爷笑了,笑如一道闪电。

这笑被蓝妮看见了。蓝妮的心就发紧了,像什么东西从自己的心间穿了过去。蓝妮知道瞒不住爷爷,愣了好半晌,才从嘴角挤出两个字,爷爷。声音很小。

爷爷说,妮,只要爷爷能办到的,都依你。蓝妮一下子像受了鼓励。蓝妮说,爷爷,我想去城里,去城里理发。

爷爷用迷惑的眼睛看着蓝妮。爷爷说,妮,听别人说,在城里干这一行很容易学坏的。

蓝妮明白爷爷是不放心自己。蓝妮说,爷爷,您放心吧!我不会丢您的脸。

爷爷是个明白人,知道妮大了,留不住她的心了。爷爷说,你去吧!

就这样,蓝妮来到了城里。蓝妮想,一定要靠这门手艺好好养活自己。蓝妮就在一条街上租了一间房子,开了一家理发店。可生意并不像蓝妮想象中的那样好,除了这费那费,月底便所剩无几了。看着同行业的姐妹们的生意都红红火火的,蓝妮渐渐明白了干这行很容易学坏的深意了。

蓝妮不想学坏,蓝妮想回家。在去车站那天,蓝妮才知道家暂时回不去,因为通往村的那条路正在修路。蓝妮只好又回到了店里。碰巧这天金梅来找蓝妮。金梅听了蓝妮的遭遇,就摸了下蓝妮的头,说,你不会头脑发热吧!想回家,村里人不骂你是废物才怪。我教教你。这时,一个很帅气的男人从蓝妮的店门口经过,金梅便探出头来,故作娇态地说,先生,洗洗面按按摩吧?那男人看了金梅一眼,像勾住了魂似的走了进来。金梅轻声在蓝妮耳边说了句,在门口看着。说完,金梅就领男人进了里面的小单间。大约三十分钟,金梅和男人走了出来。男人走后,金梅把一张一百元的钞票扔给了蓝妮,带着一股嘲笑的口吻说,学学就会了。

蓝妮就这样走上了这条路。当和男人做交易时,蓝妮感觉有一种什么东西网住了自己,蓝妮仔细想这东西是什么,但很快被一种疼痛占据了。蓝妮的口袋鼓起来了。蓝妮没事的时候就数钞票玩,像是用它在安慰自己。蓝妮开始怀疑自己的脑袋笨,因为她就是说不清那网住自己的东西是什么。路修好了,蓝妮也常回家,村里人也说蓝妮混得不错了,打扮得和金梅一样了。

后来,金梅就病了,得了那种脏病。病了就不能再做那种生意了,她便回家了。没多久,她便病逝了。按习俗,死人是要接受洗礼的,可村里人都嫌金梅脏,没有人愿意为她做洗礼。蓝妮就去给她做洗礼,当蓝妮看到金梅的时候,着实吓了一跳,活着时如花的容颜和身体如今已好似枯草了,惨不忍睹。蓝妮洗金梅的后背时,发现金梅身上刺了一只蝴蝶,蝴蝶很大很美很逼真,几乎将金梅的后背全覆盖了。蓝妮猛然明白了,人活着往往为了美丽的欲望,付出的竟是切肤的疼痛。蓝妮想不出,针往金梅身上刺这美丽的蝴蝶时,她该是怎样的疼痛?

后来,蓝妮不再去城里了,就留在了村里,嫁给了邻村一个不错的小伙子,只是常有一只蝴蝶在蓝妮的梦中来回飞舞。这让蓝妮很痛苦。

再后来,蓝妮就在村里开了家理发店,为村里人理发。当拿起剪刀时,竟然剪了自己的手指,鲜血顺着自己的指间流下来,蓝妮哭了。

进城讨饭

那一年夏天,我们村闹水灾,庄稼让水全部淹没了,四叔说今年的收成没了。村里好多人都蹲在地头上哭。四叔不哭,抽着烟看着淹没的庄稼笑。村人都骂该死的老四,你不是吃人粮食的,你幸灾乐祸是吧!

四叔懒得和这些人理论,抽完烟,站起身来,拉着我的手,说,走,跟我走。

我说,四叔,去哪里?

四叔说,进城讨饭。

就这样,我和四叔一路来到了城里。四叔很有经验的样子,我们把衣服撕破,脸上又抹了灰,四叔让我装个可怜样给他看看,但我总是笑。四叔气得骂我不争气,就我们这副熊样,谁给你饭吃。四叔告诉我,多年没有讨饭了,以前讨饭真是容易得多,以前你奶奶领着我,人家城里人看到我可怜样,那真是不要开口,什么热馒头热烧饼就到手上了,现在日子过得好了,其实根本不要讨饭,我也有很多办法,我只不过领你出来,让你体验下生活的艰难而已。

不知道为什么,我和四叔,没有讨到一粒粮食,我们一家一户地讨,人家看到我们的可怜相,说不吉利,生气地把我们撵出来,我们总结经验,我们不能装可怜相,要装出微笑的样子,谁知道人家更不买账了,说,就你们这样子,哪有一点像闹灾的样,简直像刚捡个金元宝的。

没招儿,晚上我和四叔坐在老城墙下发呆,这个时候,来了一个人,踢了我一脚说,干什么的?

我说,讨饭的。

那人一副贵人的模样,穿西装戴领带的,脸上油腻腻的,我们想碰上大老板了,那人说,跟我走。

我们跟那人来到浴池洗了个澡,那人又给我们换了套西装,说,穿上这个吧!

我和四叔眼睛睁得像个蛤蟆,天!这是干什么?

那人说不要问,跟我走。

那人领我们来到一家酒店,在门口放了挂鞭炮就领我们进去了,他把我们领到一个房间,就开始掏出手机打电话约人,不一会

儿我们一桌十人就满了,那些人都和我们一样,身穿西装,大摇大摆的。那人说,一会儿你们放心大胆地吃,大胆地喝。

一会儿酒菜上桌,一对新郎新娘过来了,说,谢谢各位兄弟捧场,说着,为我们每人献上一个红包。

我惊坏了,真好,有吃有喝有红包拿。

那对新人走后,那人说,我来介绍下,我们团队又增加两名会员。他指了指我们。

那人说,我们是讨饭公司,知道吗?人家结婚的都是外地打工的,本来兄弟姐妹现在都少了,我们来捧场,增加喜庆,人家都会很高兴的,开业升迁都需要我们。这个行业在外国很流行。

他说,老规矩。他说完,大家都掏三十给那人,我们也一样。

四叔把我们的一百元给了那人。

出了酒店,四叔拉着我的手就走,说,孩子,我们回村。

我气得大骂,现在好不容易有了个大吃大喝还挣钱的公司,你还不满足啊!?

四叔说,孩子,他们会害了你的!大穷者必立大志,大懒者而必大穷。他们让你变成好吃懒做的酒肉之徒就晚了啊!走,再不走就来不及了。说完,四叔拉着我的手急速离去。

城市综合征

张三爹见张三从城市拎来了一台洋玩意,还能在上面听戏看电影。张三爹说,三儿,你进城打工才几天,也学洋了,还拎来了个洋玩意儿。

张三说，爹，你懂啥，这是手提电脑，高科技产品，在上面还能聊天查资料做生意呢！

张三爹一听，笑着说，乖乖，光知道有人脑猪脑狗脑，怎么电还有脑子？

张三说，不同你说了，说了你也不懂。

张三爹发现，张三自从拎回来那个洋玩意儿，连门也不出了，张三爹想，这小子八成是让那洋玩意迷住了。张三爹说，三儿，你姑身体不太好，我买点东西，你替我去探望一下，你平时不是很喜欢去你姑家吗？

张三说，我现在没有时间，要不，我给你点钱，你买点东西去探望一下。

张三爹一听就来气了，说，你小子怎么变成这样了。他说着就和张三吵了起来。张三爹是个聪明人，眼珠一转说，好好好，你玩吧，我不打扰你了。说完，张三爹从家里走了出来。过了一会儿，张三爹又返回家中，偷偷地把电闸关上了。儿子不知内情，看着电脑显示器，自言自语道，停电了。我半天白忙活了。张三转过身，看着爹。张三爹看了一眼张三，吓了一跳，只见张三的眼睛很浑很暗，精神恍惚。张三爹问，儿子，你病了！？

张三说，我没病。

张三爹说，还说没病呢，你看你那眼神，八成是病了。

张三一听很生气，你怎么乱说我病了呢？

张三爹说，你说你没病，我拉你找个医生看看就知道了。

张三的鼻子都气歪了，和爹又吵了起来。

这时，一个人跑进了张三家的院子。张三爹一看不是外人，是村里的六爷，他进了自家的厕所。六爷今天想去赶个集，半路

有点尿急,就跑进了张三家的厕所。张三的眼睛一亮,像发现新大路似的跑了过去。六爷正想提裤子出来,就让张三堵在了里面。张三说,六爷,你用我家的厕所,怎么不打招呼就进来了。

六爷一听笑了,说,你看你这孩子,我上个厕所还要给你打什么招呼?

张三说,这可不行,万一我娘我姐在里面,那还了得。

这句话把六爷憋得脸红红的,气得指着张三的鼻子说,你小子怎么这样说话。

张三爹赶忙过来说,六哥别生气,这孩子在和你开玩笑呢!

六爷说,我都一大把年纪了,他跟我开玩笑,你让我这老脸往哪儿搁?说着,六爷就往外走。

张三一把就拉住六爷说,不能走,你还没有给钱哩。

六爷傻愣愣地看了张三半天说,怎么,我撒泡尿还要钱?

张三说是啊,你来我们家的厕所,污染了我家的环境,给我们卫生费是应该的。

六爷气得连话也说不出来了。

张三爹忙过来说,这孩子脑袋进水了,六哥你别和他一般见识。你,你快去忙你的吧!

六爷想走,又让张三抓住了,说,今天不给钱,你就别想离开这里半步。没法儿,六爷只好掏出一块钱给张三,气呼呼地走了。

六爷心里很生气,正好村里的阿九从六爷身边过去。六爷想,大清早让张三骗钱不是吉利事,不行,我得把损失找回来。这样一想,六爷就拦住阿九说,阿九,昨天我帮你看了半天孩子是不是?

阿九说,是啊,怎么了六爷?

六爷说,阿九,你知道在城市这叫什么吗?

阿九问，叫什么？

六爷笑了笑说，叫钟点工。

阿九说那又怎么了？

六爷说，我给你打工，你是要付给我钱的。

阿九一听来气了，说，六爷你今天怎么了，怎么问我要起钱了。六爷不问那一套，非要阿九给10块钱。没法儿，阿九就只好给了六爷10块钱。

阿九越想越生气，阿九正好路过张三家门口，就想起一件事来，前几天张三家的墙倒了，张三爹喊阿九过来帮忙。阿九想我不能白给他帮忙，那天天那么热，我累了一身汗，他连口茶也没给我喝，我应该问他要工钱去。这样一想，阿九就向张三家走去。

这时候来了一辆救护车，从车上下来一群医生，他们进了张三家，把张三拉走了。他们说，张三患上了城市综合征，这种症状明显的反应就是见钱眼开，六亲不认。这种症状传染得很快，目前对这种症状还没有较好的治疗方法，最好的办法就是先将他隔离起来。

阿九让这情景吓住了，心想，我是不是也被感染了。

残疾人

张三下岗了，便整日待在家中，无所事事。张三的妻子骂张三，你废物一个，活得真窝囊，不下别人的岗，怎么就下你的岗？你整天在家吃白食，看人家李四，不也下岗了，结果发财了。张三

的妻子没事的时候就骂张三,骂得也越来越难听了,这让张三很不受用,这天张三的妻子又骂张三,张三便很男人的样子,摔了一个碗,以示抗议。张三的妻子见状,便哭闹起来,骂,张三,你这个挨刀子的败家货。张三就冲天大叫一声,甩门走了。张三的妻子说,走吧,走吧,挣不到钱你就永远别回来了。

张三从家里出来,也没什么地方可去,便漫无目标地在街上走着。走着走着,就来到了一个叫残人街的地方,这个街上的人真多。张三就走进了一个茶馆,这时候张三才发现,这儿做生意的人都是残疾人,张三问茶馆老板,这里做生意的为什么都是残疾人?茶馆老板是个老年人,老年人左手四个手指头没有了。老年人说,这条街叫残人街,就是专供残疾人做生意的,在这条街上做生意,政府不收任何费。张三一听很好奇,张三说,你们每天能挣多少钱?老年人说,一天能挣四五十块,生意好了还可以挣到一百多呢!张三一听一天能挣这么多,眼睛就亮了一下。张三很想知道有关残人街的故事,张三问老人,你的指头是怎么断的?老人就用右手做了个刀状,往左手上一砍。张三明白了,说,你这个老头有病呀?怎么自个儿砍自个儿的手指头?

老年人说,你才有病呢,我原先没人管没人问,没吃没喝,两个儿子把我架到了墙头上,说掉谁家谁管饭。我来到这个街上后,心一横,齐刷刷地剁掉了四个手指头,我现在能天天吃肉,天天喝两顿酒呢!这叫无毒不丈夫,懂了吗?年轻人。说着,老人就用那个断了手指头的手拍了一下张三的肩膀,拍得张三一愣一愣的。

张三听老年人讲了不少残人街的趣闻趣事。有个年轻人想来这个地方做生意,就装成残疾人,装什么不好,偏装断腿的。可这个年轻人的运气也不好。那天有个人在街上走着,口袋的钱掉了出来,那个年轻人眼睛好使,看见钱把什么都忘了,就连蹦带跳扑过去捡钱,可钱没捡成,还挨了顿揍。那些残疾人见年轻人五肢健全,扑过去就打他,边打边说,你个兔崽子,你手脚好好的,还和我们残疾人争饭吃。年轻人吓坏了,边跑边说,奶奶的,我一看见钱怎么就忘了形呢?还有个异乡人,说是耳聋眼瞎了,还戴了个黑眼镜,偏巧那天天上有一架飞机,声音很大。那个异乡人就骂,什么声音,把老子的耳朵都震聋了,向天一看说,飞机,操,还把天上的云刮了一条缝。他说这话时残疾人都过来抓住他狠揍了一顿,结果五肢健全的一个人,被揍成残废。张三问,现在他可以名正言顺地来这里卖东西了吗?老年人指了指前面卖金鱼的说,就是他。张三看了那人一眼,就长叹了一口气。张三向老人聊了自己的生活处境。老年人说,现在的生活没有什么不可以的,你也可以像我一样。说着老年人又做了那个手势,张三吓得直摇头。老年人说,想当婊子又想立牌坊,不行呀!

张三走进残人街,见这些人大把大把地挣钱,还能如此团结,令张三羡慕不已。张三想起了在家冷酷无情的妻子,就狠心买了一把刀。几次举起了刀,可刀抖得厉害,像风中的一片树叶。张三知道,那是自己的心在抖,知道自己下不了这个决心,想着手指血淋淋地从手上脱落,太可怕了。张三很沮丧地走出了残人街。

天很黑了,张三还不想回家,在街上走着,妻子的咒骂声在他耳边盘旋。这时有一辆车向张三撞了过来,张三眼睛一黑,就什么也不知道了。

三天后,张三醒了过来,发现自己躺在了一张病床上。一个医生走了过来说,你终于醒过来了,你的腿让汽车撞断了。真不幸,可怜的年轻人。张三用手摸一摸腿,一条腿真的没了。张三激动地说,啊,我终于成残疾人了!

有没有生命可以重来

父亲知道他在想什么,父亲说,你再等几天,也许这几天就会有消息。他摇了摇头说,不等了,我知道自己没上大学的命。他连续三年参加高考,可每次都和录取分数线差一点点。本来已经记得很熟的化学公式,可到考场却怎么也想不起来了。他知道命运开始捉弄自己了。参加完高考,他就回到家,一头栽倒在床上,奇怪这个时候,那几道化学公式偏又清晰地出现在他的脑海,他想我这辈子可能就毁在了这几道化学公式上了。连续三年的高考落榜,他对前途越来越心灰意冷了。在村里,他获得了一个秀才的"美称",现在也只能是个秀才了。那是别人对自己的嘲笑啊!他不憨,他懂。

他想去外面的世界闯一闯,在校的时候,他就对外面的世界充满了美好的向往。他选择了在一个阳光明媚的早晨离开了村庄。他认为这是对自己一个吉祥的预示,他走时没有告诉任何人,他以为没有必要,走是他自己的事情,父亲为了他已经欠了不少债了,他不愿意再看到父亲那忧伤的目光,那目光会刺痛他的心,因为他的心很脆弱。

他来到A市,就认识了海,才知道外面的世界没有他想象的那样好。他连续几天去人才市场,结果也没有找到工作。现在他身上带的钱已经快见底了。再找不到工作他就只有挨饿了。恰在这时候,海出现了,海像神人一样,一眼便看穿了他的内心。海见到他后说,跟我走吧,我会让你享受人间的荣华富贵。这话让他像在沙漠里看到了一片绿洲,他连想也没有想,就跟海走了。海领他进了一家酒楼,这是他生平第一次进这么好的酒楼,第一次吃这么好的饭菜。海告诉他,他也是来自农村,没有上过几天学。海说这话时就笑了笑,很不在乎的样子。海说,兄弟跟我混吧!我看得出来,你也是个很失意的人。他知道现在自己已没有选择的余地,就点了点头。

跟着海,他才知道,海不是什么善类,每天都从事各种非法的活动。海开始让他去偷东西。他第一次去偷人家的东西,吓得手都在抖。他知道偷东西是很可耻的。记得在学校有个同学偷人家的东西,让人家逮住了,那个同学就戴上了小偷的帽子,再也摘不下来。同学们都看不起他,都喊他小偷。后来那个同学就退学了,因为他害怕见到同学们。有一次他在一个集市上见到了那个同学,想过去和那个同学说说话,可那个同学看见他就躲了。现在让他去偷东西,他怎么敢呢?海知道他想什么,海说,我刚开始也和你一样,啥也不敢。可我一想到自己要活下去,要吃饭,就什么也不害怕了。海还说,你知道吗?为什么有人生下来就在城市,就在干部家庭。为什么有人一考就考上了名牌大学,你考了三年也没考上呢?这是命呀!海又说,别怕,兄弟,好好干,我们会有好日子过的。

他现在已经是A市有名的"神偷"了,当然他也有过几次失败的经历,在派出所受过审,还挨了几回揍。他也想过不干了,可他一想到拥有大把大把的钞票,可以去享受美好的生活,他就忍不住。相反,他嫌钞票来得太慢了。他说,钱来得太慢了。海也说,是啊,来得太慢了。他们就预谋怎样才可以让钱来得快些,其实办法是很好想的,只要有贼胆不要命就行,他们什么也没有,就是有贼胆,为了钱连命都不要。海说我们去抢银行吧?那个钱来得多快啊!他说,好啊,他们为自己的想法呵呵地笑了。仿佛银行里大把大把的钞票已经在他们手上了。

他们在一个阳光很好的下午,为我们表演了只有在电视里才能看到的惊险场面。当然银行也不是好抢的。他们遭到银行工作人员的强烈阻止。无毒不丈夫,他们就开了枪。就这样他们把银行的钱装到自己腰包里,然后就逃了。

他们以为这些钱会让他们快乐一辈子。可是他们错了,这些钱给他们打开了地狱之门,警察很快找到了他们,很快将他们抓住了。在审判的过程中他没有流一滴泪,也没有忏悔的意思,他以为自己命该如此。

明天就是他去刑场的日子了。狱警告诉他有人要见他。当他父亲出现在他面前时,他想回头,他怕再次看见父亲沧桑的面孔和那犹豫的眼神。他知道,那上面记满了他欠下的债,这时的父亲就像一个债主,向他讨债来了。父亲说,孩子,我给你看样东西。说着,父亲就把一张纸给了他。他转过身,拿在手里看了看,那一刻,他突然泪流满面。那是一张大学录取通知书。父亲说,你走后的第二天通知书就寄来了,我急得到处找你……

这天晚上,他做了个梦,梦见自己来到大学校园。这时他就醒来了。他想,有没有生命可以重来?也许他晚走一天,他的人生将会被改写。生命在他手中没有珍惜,他将生命挥霍了。他把那个通知书放到了口中,咽了下去,泪水禁不住滑过脸颊。

书法家易林

青年书法家杨林发神经似的一个人开车去了趟龙山。龙山有个善国寺,寺院有个方丈叫慧远大师,据说是个得道高僧。杨林习字二十年,加入了省里书法家协会,也获得了不少奖项,可就是作品的价格提不上来。人家那些书法界的老前辈,一幅字卖到几万了,可他的还是一千的价,还多半是送的。啥时候能脱贫致富呢?杨林自嘲说自己是书法界的农民工,贱卖劳动力的。

慧远大师拆了他的名字,说,你这名字木太多,东方为木,乃四季常青,健康之意。

杨林说,身上没钱,万寿无疆也等于活受罪。

慧远大师说,你之所以财运不旺,是因为木多把阳光遮住了,光属火,火在南方为财。你把名字一改就是了。

杨林问,咋改?

慧远大师说,去掉木字旁便可。

杨林说,总不能叫杨木吧!我开木料加工厂啊!

慧远大师说,不是,你改笔名为"易林",我保证你旺财。

当真?

当真。

好,我给你写幅字,作为卦资,你就等着增值吧。

谢谢施主,祝你发财。

杨林说,谢你吉言。杨林给慧远写了四个字:早日成佛。

以后杨林再给朋友写字就落款易林。朋友说,好像少了个木字旁?

杨林说,你再看看。

朋友说,是少了个木字旁。

再看看,仔细看。

没少,没少。木字在我心里了。

杨林笑了,说,悟道了,悟道了。

以后大家就管杨林叫易林了。

易林也是个明白人,只要那些老家伙不拜拜,他的字价格也高不到哪里去。易林对善州的老前辈有些想法。有一次在饭局上,有人说善州的一位书法界的老前辈,九十了还写,真厉害。易林说,得道了,得道了。这句话传到了老前辈那儿,很生气,说易林不尊敬老人。搞得易林一头雾水,有朋友告诉他,孔子曰:朝闻道,夕死可矣!你说他们得道了,不是巴望他们快点死吗?易林恍然大悟,从此不敢再说这句话。

易林为了打名气,就给酒店、商店、超市写店名,或把字挂酒店里。一时间,善州城里到处都是易氏书法。

有一次,县长陪一位日本外商在酒店吃饭,那人叫小泉,是个书法迷,看到了易林的字,眼睛一下子瞪得像个电灯泡,亮亮的,连连赞叹好字好字。县长见这个小鬼子也懂书法,颇为高兴,说,这个是我县的书法家写的。小泉说,可否让我认识这位书法家?

县长说,当然可以。就让秘书去找易林。秘书找了半天连个人影也没找到。通过打探,方知到省城美院学习去了。

接下来几天,小泉着迷了,老问县长,易林找到了吗?弄得县长面子挂不住了,就让公安局长亲自出马,务必把易林从省城接回来。

易林见几个大盖帽来找自己,吓了一跳,还以为犯事儿了呢。公安局长说,县长找你,让我来请你速回。

易林问,县长找我干什么?

公安局长说,是有一位日本人想找你。

易林说,日本人找我干什么?把县城占领了?他找我,你们就来绑架我啊!你们是二鬼子啊!

公安局长说,人家日本外商很欣赏你的书法,想认识你啊!

易林说,他还懂书法,日本人天生发育不全,写的那臭字多半都是中国字的偏旁。

到了县城,易林还没来得及回家,就被请进了县政府。县长看到易林,说,你可来了,急死我了。

易林说,是日本人想我吧?

县长把日本外商隆重地介绍给易林,小泉先生是有名的企业家,有好几家跨国公司呢!

小泉知道盼望已久的书法家易林来了,便点头哈腰地给易林行了个日本式大礼。

易林暗中运足了力气,过去跟小泉握手,小泉没有防备,疼得脸上肌肉猛地抽搐了一下。一阵快感撞上易林心头。

礼毕,小泉说,他父亲熟悉中国书法,他从他父亲那里受到了很大的影响,对书法也颇为着迷。在酒店看到易林书法,知道易林先生是有真功夫的人,特地拜会,并求赐墨宝。

县长让易林给日本外商写几幅字,说,小泉先生是来投资的,为了咱善州的百姓,你也要写。

易林说,我写了怕对不起全国人民呢!我爷爷就是日本人杀的,我写了我爹要骂死我的。

县长说,你不写我也骂你。

易林说，写了对不起我爷爷，不写对不起政府。真是忠孝不可兼得，此事古难全。真要写的话，政府得给我个说法。

县长说，什么说法？

易林说，我一个民间写字的，名不正言不顺的，怎么听政府的安排，起码有个说法。

县长马上明白了易林的意思。县长说，这个事儿我一个人做不了主，要和书记商量一下。

县委书记听了县长汇报，说，这家伙够刁的。那好办！让他去文化馆上班，拿财政工资。他成了政府的人员，自然要服从政府安排。

县长说，这个主意好。就让易林把材料报上来。

县委书记开了个紧急会，领导班子几个人都通过了。

有的常委说，这是破格。

县长说，易林是人才！人才就要破格。增加一个吃财政饭的，引进一个大项目，值！

易林和小泉成了好朋友。

小泉常常忙里偷闲来拜访易林。文化馆的人见小泉来了，就喊，易林，鬼子进寨了。

小泉建了个很大的食品加工厂，来的时候就常常给易林拎一箱鸡肉。

易林有肉吃了，吃得易林上了几天火。小泉再拎鸡肉，易林说，不要再拎鸡肉了，再吃我都要变成火鸡了。

小泉再来找易林，易林便懒得给他写字了。不是不想写，易林是想问他要钱，可是朋友之间，开不了口。他就想了一个招，小泉来的时候，他就让文化馆拿钱买字，表演给小泉看。对方拿钱的时候，易林说，惭愧、惭愧啊！一个窝的兔子也要钱了。对方说,你客气个啥！我们是对你劳动的尊重,看我写小说都有稿费,我拿你的字是该向你付稿费呢!

易林接过钱,对小泉说,你看看,真是的!

小泉明白了,现在不同往日了,现在要钱了。此后,小泉有三个月没露面,易林想,这小日本,我一要钱,他就吓跑了。你有几个亿的资产,这点钱对你来说算什么啊！真小气。

县长是不懂书法的。但从这事儿以后,县长认识到了易林书法的价值,家里也挂上了易林的字。有人去县长家,县长就问,你看我这幅字怎么样？来人就说,好,很好。

县长说,的确是好。

县城一夜之间大大小小的官员们家里都挂上了易林的字。易林的字价码也逐日攀升,标出了万元一幅的高价。

三个月后的一天,小泉给易林打电话,说,最近生意很顺,想去北京玩玩,你愿不愿意去,全部的费用我出,就是想路上有个伴。

易林一听有免费的旅游,他想:小鬼子有钱得很,不花白不花,就同意了。

小泉果然没有食言,一路上出手大方,到了北京城,就和易林把北京城玩了个遍。易林想,小鬼子过去欺辱我们好多年,现在又来挣中国人的钱,就让他破费点儿吧。

他们住的是星级酒店。这天早上,易林还在睡觉,小泉先爬起来了,起来到处找东西。易林说,你慌慌张张地找什么？找魂呢!

小泉说,坏了坏了,我的卡和钱包没了。

易林吓了一跳,这小子要耍赖,说,我可没偷你钱包。你不信检查检查。易林站在床上,把裤头都脱了,一丝不挂地站那里,让

小泉搜,说,不要冤枉好人,不要放过坏人。小泉说,我没有怀疑你。

他们和酒店交涉,说钱包、信用卡、护照,都没有了。小泉说,肯定是昨天我们在外面丢了。

酒店经理说,那不是我们要管的事。问题是你们不付钱是走不了的!

无奈,小泉和易林返回房间商量对策。易林说,看见了吗?这是我爷爷在惩罚我呢!我们看来走不了了。你快想办法吧!

小泉说,怎么办?我跟公司联系?这里又没办事处。说着小泉就给公司打电话,可半天无人接。小泉看了看易林,做出一副无可奈何的样子。

易林说,看我没用,我北京人生地不熟的,没朋友。

小泉说,这次还真得你出场呢!你给他们写几个字怎么样?

易林说,你小鬼子懂个屁,北京城什么样的书法家没有,他们稀罕我的臭字?

小泉说,难说,难说。

易林说,你去和他们谈吧!

小泉说,我去试试。

过了一会儿,小泉从外面回来说,酒店经理碰巧也是书法爱好者,他想看看你写得怎么样。好的话,他愿意收购你的书法。

易林随小泉来到酒店经理办公室,进来以后,易林目瞪口呆,办公室的墙上挂满了名人字画,张大千的,齐白石的。经理说,让各位见笑了。他递过名片,才知道他姓张。易林就过来握手。

张经理说,听说易林先生是书法大家,真是有眼不识泰山,有幸认识易林先生,就请先生为本店留下墨宝,为本店增添光彩吧!酒店的费用么,就全部免了吧,算我请客了。

易林说，京城大家众多，我一无名小辈，怕有辱贵店的生意啊！

张经理说，易林先生太谦虚了，现在世道变了，谦虚使人退步！

易林说，好吧！那我就进步进步，献丑了。

张经理已经准备好了纸和笔墨。

易林龙飞凤舞地写了一首毛主席的词：北国风光，千里冰封，万里雪飘。望长城内外，惟余莽莽；大河上下，顿失滔滔……当易林写完"数风流人物，还看今朝"时，张经理高兴得手舞足蹈，连连拍手叫好，说，易林先生笔法刚劲有力、潇洒自然，真不愧为当代大家，好字啊！

易林说，词好。

张经理说，词好，字更好。

易林被忽悠得心血来潮，一口气给张经理写了十幅字。

张经理最后招待吃饭，然后给了易林一个五千块钱的红包。

在京城首善之区，在全国文化中心享受到这个待遇，易林颇为满意。

从京城回来半月，易林听朋友说，小泉手上有你十幅字画，听说要价二十万。易林心惊，给小泉打电话询问此事。小泉说，我怕你的字流入外面毁了你的声誉，我就拿钱返回北京，把你的字买了回来。

易林听了，气得差点晕倒。他明白了，小泉是和酒店那小子合谋来算计自己。易林骂道，太平盛世也少不了二鬼子。

从此，易林和小泉绝交。

噪音问题

小城建了一条步行街,也叫女人街,专门卖女人的衣服、鞋、化妆品,什么商品都有。街很繁华,据说每天客流量有几万人。

县长家就在这条街附近,每天县长的女人上班下班,这条街是必经之路。这条街的各家商店每天都播放音乐,还有吵闹声,噪音大得烦人。县长的女人喜欢静,她渴望下班后走在鸟语花香的小路上,现在这么吵,她实在无法忍受,她向县长抗议。

县长说,这不很好吗?你知道我们建这条街投资了多少资金?好几个亿呢!这些店铺每月都要向政府交很多税收的。

县长的女人说,我不管那么多,你去想办法,只要不这么吵,没这么大的噪音就可以。

刚开始县长还以为女人说说而已,没想到女人天天晚上跟他闹,给城管打电话,还给报社打市民热线,搞得县长很尴尬。

城管大队长对县长说,群众的意见也不是全无道理,听说美国有个公园有噪音,最后不得不让飞机改航线。

县长说,你说怎么办?总不能把步行街拆迁了吧?

城管大队长说,没那么复杂,我在街上安上噪音显示器就可以了,及时告诉市民把声音保持到合理分贝就可以。

县长一听,对啊!是个好办法。

现在步行街的广告牌显示屏上多了一个噪音显示器,同时还多了几个城管,他们轮流盯着那个显示器,他们的任务就是把声音控制在八十分贝以下,一旦超过八十,他们就急匆匆寻找噪音来源。他们不允许店铺播放音乐,不允许顾客和店员大声讨价还价。

这样果然好了很多,县长的女人也不和县长闹了,县长很满意,对城管的工作提出了表扬。

这样的安静没持续多久,这一天,噪音显示器显示噪音提高到了八十分贝,城管去寻找声音来源,他们怎么也没找到,就让所有店铺关闭音乐,但显示器还是八十分贝以上,还有向上的迹象。他们开始还以为噪音显示器坏了呢!后来,他们听到了有咚咚咚的声音,他们还以为天要下雨了呢!就抬头看天,天空万里无云,火辣辣的太阳照射着。突然,一个城管指了指另一个城管说,肚子!你的肚子在咕咕叫!

另一个城管也发现对方的肚子在叫。他们吓坏了,向医院跑去,医院挤满了很多人。他们的肚子都和两个城管一样,都在咕咕叫。

医院给他们身体做了全面检查,都没有检查出毛病。院长马上明白了,这不是肉体上的疾病,应该是精神上的,或者是心理上的。院长马上请来了心理医生。

心理医生给大家检查完说,这是新时期的一个症状,是由于长期不大声说话引起的,肚子有一种气发不出来。

院长说,那怎么办?心理医生说,让他们都大声喊。

患者都大声喊,但几次都没成功,声音仍像蚊子一样,他们已经不会大声说话了。

好　人

张武扛着锄头去锄地,地里的玉米半尺高了,别人都打灭草剂,劝张武也打。张武摇头,说,那玩意对庄稼有副作用,人吃药还三分毒呢!何况庄稼。

村主任说,张武你真不打除草剂?

张武说,不打!

村主任说,这次是政府补贴,全免的。

张武说,那也不打。

张武老婆说,张武,你是驴脑子,免费的午餐你不吃,锄草你自己去,我不跟你"锄禾日当午"了。

张武就自个儿去了。村人从张武身边经过,问干什么去?

张武说锄地。

村人说,你个憨张武,你回头看看你的锄头,锈成那样,还能锄草?

张武把锄头从肩膀上拿下来,锄很久没用,锈了。张武路过田寡妇家门口,门敞着,张武知道田寡妇院子里有块磨石,就走了进去。

田寡妇在县城开足疗店,今天凑巧回来了。

田寡妇在和几个妇女说笑。张武说,田妹子,我借你家磨石磨下锄头。张武也没在意田寡妇回应,就在院子磨锄头。

田寡妇扯来扯去,就扯到了吴县长。田寡妇说,吴县长是个好人吧！那群妇女就点头,说,难得的好官啊！

田寡妇说,假的,他当乡长的时候还可以,现在也变了,他去我店做足疗,他搂人家女服务员,人家不依,他硬亲人家。走的时候,还给女服务员留下手机号,说他是县长。我店的那女孩说,还县长,我看是流氓。

张武的脸火辣辣的,说,田妹子,不要乱说啊！诬陷好人,谁都知道吴县长是个好人,是个清官。

田寡妇说,大哥,你看到的都是假象,男人没几个好东西。都是假心假意的色眼狼。不要以为他捐助过你,就说他好。他是搞形象工程搞政绩的,要不他怎么被提拔。

张武是个不善言辩的人,生闷气,他气得锄头也不磨了,转身便走。到了田地边,张武把锄头往地边一搁,就开始抽烟,眼前又浮现起吴县长的身影,当时儿子考上大学,家里穷得交不起学费,恰逢吴县长在这个村蹲点,当时还是乡长呢！吴乡长知道了他家的情况后,说,孩子上学是改变命运的事,马虎不得。钱不是问题,我来解决。就这样在吴乡长的帮助下,终将孩子送进了大学校门,当时张武激动得让儿子给吴乡长磕了一个头。现在田寡妇侮辱自己的恩人,真是可恶啊！

开始锄地,田寡妇的那些话就像田里的草,张武想把这些不干净的话从脑子里锄掉,可是越锄越多,张武就骂了句,田寡妇,让你这辈子做寡妇。他心烦,无心锄地,便回家了。

张武老婆问,锄完了？

没呢！

没锄完？也不到填肚子的点,咋来了？

心烦。张武就把田寡妇说吴县长的话说了。

张武老婆说,田寡妇可恶,嘴巴骚。

张武说，真骚！

张武让老婆找个方便袋，到厕所装一铁锹屎。

张武老婆说，你干啥？

张武说，教训，嘴巴骚欠教训。

次日，田寡妇就在村里骂街了，有人不得好死，在她院子的锅里投了一方便袋屎。田寡妇什么话都骂，让姑娘们听了羞得往被窝钻。后来就鬼使神差地跑张武家门口骂起来。

张武老婆说，田妹子，你跑我门口骂是什么意思？

田寡妇说，谁做的亏心事自己心里没数啊？

张武老婆明白了，祸事来了，躲不开了。张武老婆你一句我一句地和田寡妇骂开了，引来村里男女老少来看热闹。

村主任路过，气得把张武拉过来臭骂一顿，说，你张武脑子长草了，倒尿了，你放着地里草不锄，让你老婆在外面与田寡妇对骂。这还好，一会儿她们动起手来，脸上有个疤，你就好看了。

张武就把老婆拉回来，田寡妇正骂得欢，见张武把老婆拉回家，就跟着进来。见村主任在，田寡妇就跟村主任诉冤说，我说了吴县长一句，张武就往我家扔屎，吴县长是他爹啊！是他爹人家坐小车当县长，他不是还扛锄头锄地啊？村主任就把田寡妇撵回家了。

这事就这样结束了，可是后来发生了一件事，是张武想不到的：吴县长被抓了，进监狱了。村里一群人在那里说，看到张武就闭嘴躲开了。但张武还是隐隐约约听到一点东西，张武不相信自己的耳朵，吴县长是个好人，好人怎么还进监狱！到了家里，老婆也这样说，他才相信自己的耳朵没听错。经过了几个不眠之夜，张武决定去县城，眼见为实。后来的事就简单了，他在县政府门口转了几圈，门卫问，找谁？

张武说，吴县长！

门卫说，去监狱找。

张武说，你说什么！我找吴县长。

门卫说，我说你找吴县长到监狱里找。

张武才知道吴县长真蹲监狱了。

从县城回来，张武在超市买了瓶白酒，张武平时是滴酒不沾的，今天开酒戒了。喝了半斤，张武就开始哭，边哭边说，吴县长是好人。街坊邻居过来看。张武老婆说，喝多了，喝多了。张武老婆忙关了大门，回头见张武趴桌上，睡了。

人民的羊

刘堂想送镇长一只羊。

刘堂的村主任不想干了，不是有人撵他，也不是有人在后面捣蛋，不想干的是刘堂自己。不想干的原因很简单，刘堂的儿子大柱在县城里混得不错，开了公司，最近又喜得贵子。大柱想让刘堂帮他看孩子。起初，刘堂并不乐意去。可刘大柱说，你要是不来，我就找个保姆，一月要一千块钱呢！

刘堂一听这么多，就动心了。一千块钱在刘堂眼里可不是小数目。刘堂的这个村，是镇上最偏僻的一个地方。刘堂一月也就在镇上领几百块钱工资。刘堂不想干了，给镇长打辞职报告。可是镇长说，老刘啊！你是村民选举出来的，镇政府要尊重群众意见。

刘堂找了镇长几次,也选了村里副主任当代理主任,这下应该妥了。可镇长说,刘堂同志,这是人民群众给你的权利,不是谁想更改就可以的。

咋办?刘堂琢磨,为什么镇长老拒绝自己?有人告诉刘堂,你没送礼,现在这年月,当官要送礼,辞官也要送礼。要送礼,刘堂还真没送过礼,大闺女上花轿——头一回。送什么呢?刘堂在院子里就发现了那只羊。那只羊刘堂养半年了,可总不见长肉。刘堂想,就送那只羊。

刘堂牵羊来到镇政府门口,犯愁了。门口有个看门的。看门的老李刘堂认识,但不让刘堂把羊牵进去。刘堂也不是死脑筋,灵活得很,就给老李点了一支烟。老李说,老刘,你牵羊来干什么?

刘堂说,食堂的赵师傅,让我牵只羊卖给镇食堂,镇上要开会了。

老李也没多想,就让刘堂把羊牵进去。

这次见到镇长,刘堂胸有成竹了许多,他就大摇大摆明目张胆地对镇长说,镇长我这次给你带来一个好东西。

镇长很好奇,说,刘主任很滑稽,你两手空空的带什么好东西?

刘堂让镇长往楼下看看。

镇长一看是只羊,脸就拉了下来,说,刘堂,这是镇政府,你牵只羊来干什么?

刘堂说,镇长,你别生气,我看你日理万机,为老百姓服务很辛苦,就牵只羊给你补补身子。

镇长说,刘堂啊刘堂,为人民服务是我们镇政府的工作,也是我们的责任。你请我喝碗羊肉汤我也许会去,你牵只羊来,意义就变了。你这叫行贿领导。

刘堂乐了,说,我们村谁家下了羊羔也互相赠送,送一只羊哪就叫行贿领导?

镇长说,刘堂,我明白你的意思,你辞职的事我在考虑!请你把羊牵回去!

刘堂说,那就谢谢镇长了!

刘堂从镇长办公室出来,就溜走了。

当镇长发现那只羊并没被牵走时,就给派出所打电话,让他们把羊给刘堂送回去。可是民警到了刘堂家,才知道刘堂进县城了。民警就让村民先把羊饲养着。可大伙说,这刘堂去县城享福去了,说不准哪天回来。没人愿意养。

没办法,民警把羊牵了回来。镇长没招儿,只好让食堂老赵先饲养,说等刘堂回来就送回去。以前艰苦岁月里,共产党人不拿群众一针一线,现在我们牵人家的羊,成什么了?

羊被饲养在镇食堂后院。

恰巧这天,县报记者来镇,在食堂后院见老赵在喂羊,就问,怎么回事?你们镇政府还搞养殖?

老赵就把这只羊的来龙去脉跟记者讲了。

记者就来了灵感,写了一篇镇政府替人民群众养羊的通讯。县长看到了,很乐,就在会议上表扬了镇长。

镇长得到县长表扬,心情大悦,回来就开个会,说,这是人民群众的羊,我们一定要养肥喂壮。连兽医站的也来人给羊体检。镇政府的主任科长们也表示,一定要喂养好群众的羊。有人建议给羊盖个棚,以示对羊的爱戴。镇长高兴地接受了这个建议。

接下来,镇长没事就来看看羊,给羊喂把草。镇长给大家起了很好的模范带头作用。大伙就更勤奋地喂这只羊了。很快,这

只养又增肥不少。老赵高兴地给镇长报告。镇长也很高兴,表扬了大家,并鼓励继续把人民的羊喂肥养壮。

大家受到鼓舞,喂羊更勤奋了。有的还拿来蔬菜和豆子喂羊。

羊死是在一天夜晚。

现在老赵上班第一件事就是去喂羊。次日,老赵去喂羊,发现羊躺那里不动了,开始,老赵还以为羊睡了呢!但发现不像,老赵就轻轻地踢了羊一脚,羊纹丝不动。老赵吓坏了,一摸羊鼻子,没呼吸了。老赵赶紧给兽医站打电话。

兽医站来人检查了一遍,说,喂得太多,晚上又受了凉,撑死了。

老赵吓坏了,怎么办?他忙找大家商议,大家说,这事不能让镇长知道,镇长知道我们就要受到批评。最后,大家决定,一起凑钱,赶快去集上买一只羊来替补。

进城杀羊

吴京十八岁了,但没一点十八岁的样子。用吴京父亲的话说,弱不禁风,骨瘦如柴,没一点男子汉的气势。一次在宅院,不知从何处爬过来一条蛇,吴京看到蛇,吓得面无人色。吴京父亲走过来,一刀就把蛇头砍了下来。吴京两条腿如狂风中的柳树枝,还在那里抖呢!吴京父亲气得照吴京腿腕子踢了一脚,吴京扑通一声,就跪下了。

吴京的父亲说,我真怀疑你是林黛玉转世,你都十八岁了,应该像个大男子汉,怎么还跟个小孩子一样。你知道吗?你爷爷十六岁就当兵,血战疆场,不知道杀死多少日本鬼子。那是我们吴家祖祖辈辈的骄傲。你看你,小闺女似的,连你爷爷一半雄风也没有。还指望你光宗耀祖!哎!吴京父亲叹了口气,摇摇头。又说,我看,一个男人,连杀鸡宰牛的胆子都没有,是干不成什么顶天立地、轰轰烈烈的大事的。我想好了,你去县城吧!你二叔的羊肉汤馆生意不错。你给他当个帮手,去杀羊。

就这样,吴京被父亲赶进了县城。

吴京的二叔吴二接到大哥的电话,让吴京帮他杀羊。吴二看到侄子笑了,吴京说话奶声奶气的,怎么能杀羊呢!吴二说,吴京,你看你瘦弱得像根草,你穿上连衣裙,人家在背后看你,保证说你是女的。吴京说,我是男人。

吴二说,你站着撒尿,也不能说明你就是男人,有男人体,没男人魂,还不能算男人。很多人都搞错了,认为能生孩子就是女人,错了,那只能是医学上说的女人,真女人要有女人的味。这个你不需要知道,你二叔在县城混了十年了,谁不知道我"吴二羊肉汤"。

吴二抓起一只羊,用钩子一下子就穿进了羊的脖子里。羊痛苦地大喊。吴二的羊肉汤馆在县城最热闹繁华的一条街上,人们匆匆忙忙的脚步成了这个街的主色调。熙熙攘攘的人群,像身上掉了钱和钥匙,在着急地来回寻找。谁会在意一只羊的叫声,这叫声在吴京看来,是求救,是呐喊,最后是辱骂,一只羊在生命的最后时刻,才看清人们的嘴脸,你们养我喂我,都是为了这个目的,人们以往温柔的抚摸,都为这一刀画上了句号。羊可怜巴巴的叫声就如一个个鱼眼,滚落在人群中,被踩得粉碎。吴京的心情哀伤到了极点,真想冲过去把羊放了。他知道这是不可能的。但他又忍受不了羊的叫声,这叫声如棍棒,棒棒砸在吴京心头上。

吴二过来,一刀插进羊的脖子,羊像穿了一件毛皮衣,一下子被吴二划开了,这个动作对于吴二是何其熟练,如同盲人几十年走的一条盲道。吴二说,吴京,快拿盆,接羊血。吴京拿过盆,羊血瞬间从羊肚里喷涌而出。吴二看了一眼吴京惊恐的眼神,说,傻孩子,羊早晚是要见血的,进人肚子里的,这个是千年来不变的规律,这个就是命。为什么你不吃蚂蚁,不吃蜜蜂,而吃羊的肉喝羊的汤,这个就是天理,你改变不了,我也改变不了。你要真有慈悲的心,就把羊杀得快一点,让它少一点痛苦。这是我们唯一能做的。

吴京看着叔叔,想不到他一个杀羊的,还有这么多"歪理邪说"。

吴二从此教吴京杀羊。但是很费劲的是,吴京从没真正杀死过一只羊。吴京拿起刀,就像得了麻风病,手脚来回打战。

吴京父亲来电话问,老二,吴京杀羊杀得怎么样了?

吴二只好实言相告,说,大哥!我看吴京真不是杀羊的料,不如干别的。

吴京的父亲很生气,说,老二,吴京杀不了羊,就不要干别的了。干这个不行,我看干什么都不行。

吴二很头疼,怎么才能让吴京勇敢地杀一头羊。

这天,吴二去下面收购来了羊,让吴京过来杀,这个时候,突然远处传来"抓小偷"。一个女人正在追一个大男人,正在向羊肉汤馆这边跑了过来。行路的人视而不见。有的还给小偷让路。

吴京不知道哪里来的勇气,小偷刚跑到羊肉汤馆门口,吴京突然跑了过去,抓住小偷,在他肩膀上就是狠狠一刀,那小偷防不胜防,没想到半路会冒出个程咬金。杀羊的刀多快,顿时,肩膀鲜血直流,疼得他趴在了地上。巡警经过此处,抓个正着。吴京被派出所大大表扬了一番,夸他是见义勇为的好青年。

吴二吓呆了,说,你小子牛啊!这样的事我不知道见过多少次,从来不多管闲事的。你厉害了,杀羊不敢,敢杀人了。吴二给吴京父亲打电话,汇报了吴京的见义勇为。

吴京父亲也惊呆了,立马把吴京召了回来。

吴京说,为什么让他回来。

吴京父亲说,你太厉害了,敢用刀子逮小偷。不能再在县城待下去了。

吴京说,这个算什么,你不是常说我爷爷十六岁就杀日本鬼子吗?

吴京父亲说,你懂什么,现在的小偷比日本鬼子还可怕!

张三讨债记

眼看就要到年关了。张三的心里像着了一把火,因为李四欠张三的两头猪的钱,快一年了,李四至今还没有上门还债。李四是个屠户,拉走了张三的两头猪,打了张欠条。当时,张三还真不想赊给他。李四看出了张三的不情愿,就拍着张三的肩说,张三

兄弟,咱俩还是小学同学呢!俗话说,一辈子同学三辈子亲,怎么连老同学也信不过?张三和李四是邻村。张三的村小,孩子少,不值得建个学校。张三便到李四的村里去上学。就这样,俩人成了同学。张三听李四这样一说,也就不好再说什么,就让李四把猪拉走了。张三攥着这张欠条寻思,难道李四忘了吗?是不是太忙抽不出空来……张三心想快到年关了,得去给李四提个醒才好。

张三说去就去了。恰好这天李四在家,正在客厅喝茶。见张三来了,李四忙请他进来,招呼妻子给张三倒茶。李四是明白人,明白张三为什么上门来,就先开了口,李四说,张三兄弟,你知道咱镇上的王五吗?

张三说,知道呀,他不是在镇上开了个酒店吗?

李四说,对,就是他。李四说着,就进屋拿出了张欠条给张三。

张三一看就傻眼了。张三不憨,知道李四为什么给他看这个。

李四说,兄弟,你的钱我一直想着呢!你先别急,再等几天。我正想喝完这杯茶去王五家讨债呢!这不,你就来了。

张三听李四这样说,就有些不好意思了,便说,不急不急,我再等几天。

送走了张三。李四就去找王五讨债。王五正要出门,见李四来了,便把李四请进家。王五是个聪明人,明白李四为什么上门来。王五就从包里拿出一张条给李四看。李四一看借条,就傻了。李四不憨,知道王五为什么给他看这个。王五说,李四,我这就去镇政府讨债呢!这不,你就来了。

李四说,那我就再等等。

王五说,等要来债,我就立马给你送过去。

王五送走了李四。就去了镇政府。见到镇长,王五说,胡镇长,快到年关了,你看把欠酒店的账清清吧!

胡镇长说,王老板呀!眼看就要到年关了,各处用钱都很紧呢!

王五一听心凉了半截,就拉长了脸说,胡镇长,我也是没办法呀!我也是被人逼债上门呀!

胡镇长一听便赔着笑说,王老板,你看这样行不行,你先回去,再等几天,我再想想办法。等一有钱,我就让财务的小赵给你送过去。

王五听胡镇长这样说,头就很不情愿地点了点。

王五一走,胡镇长就拿起了电话,胡镇长说,刘主任吗?快到年关了,现在财政很吃紧,你快快给我想想办法,弄点呀!

那边说,快到年关了,不好弄呀!既然您说了,我就尽力吧!

第二日一早,村主任就敲开了张三的门。村主任真是干净利索,开门见山,村主任说,张三,你的提留款该交了吧!

张三说,现在我手头上是一个子也没有呀!

村主任说,你无论如何这几天也得交,你看看还有什么办法吗?

张三说,李四欠我的猪钱还没还呢!

村主任说,那就去讨呀!

张三说,讨过了,李四他现在没钱呢!

村主任说,他是骗你的,你再去讨。对了,你穿件厚点的衣服,他不给钱,你就赖他家不走。

张三问,这成吗?

村主任说,成。

张三披了件厚衣服向李四家走去,边走边骂,奶奶的,李四,你不给钱,我就赖你家不走了。

历 史

程县长给善县里的几个考古学家下了死命令,要在一月内完成土子千真万确是善县的历史文化名人的论证。土子是二千多年前春秋战国时期的一个重要思想家、军事家和教育家。但对土子的出生地一直有着非常大的争议。民间一直流传土子是善县人。什么事情都最怕人多嘴杂,没有的事情,只要说得多了也就成真的了。但在国际上或学术界,什么事情都是需要考证的,有事实依据的,就像法律部门办案一样。就在一个月前,一个国际上重要的财团想建一个影视城,想借历史名人来扩大影视城的影响,他们就看准了土子故里善县。可就在这个节骨眼,河县那里的考古学家说土子是他们那的人。程县长一听吓了一身冷汗,如果土子的故里不是善县,也就是说,影视城就不能理直气壮名正言顺地在善县建了,那这笔财富就要让河县抢走了。程县长说,咱都是善县人,我们不能做对不起老百姓的事情,这是大家给善县老百姓造福的时候了,我看河县的人是故意来捣蛋的,他们有什么证据证明土子是他们那里的人,我看他们是见钱来认爷!

会后,冯估衣走在最后面。程县长说,估衣,你慢走一步,我有话对你说。冯估衣是全国有名的考古学家,这次是程县长专门把他从外地请来的,因为程县长知道他是善县人。冯估衣跟程县长来到县长办公室。程县长转身就把门关上了,程县长给冯估衣倒了杯茶,说,估衣,你知道咱善县为什么还这么穷吗?冯估衣说,是没有机遇。程县长说,你是明白人,估衣。现在机遇来了,我们再抓不住,咱对不起善县的老百姓啊!冯估衣说,程县长的意思我懂。冯县长说,你懂就好。程县长说着就在冯估衣的肩膀上重重地拍了一下,语重心长地说,估衣,善县老百姓的日子过得苦啊!

  过了半月,冯估衣那边工作进展很慢,程县长心里有点急了,这几天又不断地有新消息来报,说河县那边又有了新发现,说是土子留下来的文物,还有他们连论文也写好了,要在全国重要报刊上发表。这天冯估衣给程县长来电话,说,程县长,给我备辆车,我想去河县一趟,程县长想,你去探探底也好。冯估衣去了两天,程县长两天也没有休息好,他在等冯估衣的消息。第二天冯估衣很晚才从河县回来。一回来他就去了程县长的家。程县长一见冯估衣就说,估衣,这两天有什么收获。冯估衣半天不说话。程县长一看冯估衣的脸色就知道事情不太妙。程县长说,你有什么说什么,我不怪你。冯估衣说,土子是河县人的可能性比较大。冯估衣想说,河县就是土子故里,但考虑到程县长的心情,就说了句含含糊糊的话。程县长也什么都明白了,就说了句,估衣,你先回去休息吧!天不早了。这几天再努力努力,看看还能不能有新的进展。

  冯估衣走了,程县长哪还有心思休息,就在院子里来回走动,在心里叹说,也只有这样了。就给秘书小刘打了一个电话。

国外财团的工作人员实地考察如期而来。考察的结果让整个善县老百姓高兴万分,河县没拿出足够有力的证据来证明土子是他们那里的人。但那天下午,更出人预料的事情发生了,程县长让警察带走了,程县长暗中指示人将河县的文物给破坏了。那天很多老百姓都拥在了县委门口,不让把程县长抓走,人山人海的。警察问,程县长,你看怎么办?程县长看着老百姓,说,大家都让开吧?算我求大家了,我一人做事一人当,我知道大家的日子还很苦,我对不起大家,我这个县长不合格啊!我有罪啊!老百姓"扑通"一声都跪下了,说程县长是为了我们善县百姓才犯的法,我们对不起程县长……

冯估衣是在电视新闻上看到这个镜头的,这个事碰巧让省城来的记者看到了。冯估衣看到程县长被抓走,泪流满面。第二天,冯估衣就去了河县,在那里又有了重大发现,很快,冯估衣写论文,在学术刊物上发表,有力证明了河县就是土子的故里。

冯估衣去监狱看望程县长,冯估衣说,程县长,我当了善县的叛徒,我是不是错了?我知道我这样做,善县的老百姓都要骂我的。程县长说,你没错,你做得对。你说我,我这样做,是不是错了?冯估衣说,你没错,你是为善县的百姓啊!说着两人都禁不住泪流满面。

沾了土子的光,河县很快就发展起来。

老百姓在善县立了两个像,一个是程县长,一个是冯估衣。

书法家

吴言是名副其实的书法大家,又是 A 市的市长。

吴言不是一般小说里写的只会写"同意"两字的书法家,也不是因为他是市长,别人故意吹捧的书法家。因为这里是有证可依的,早在吴言还是一个部门办事员的时候,他的书法就名扬书法界了。那时的吴言还很年轻,担子也不重,工作也没压力,时间也足,他便练起了书法。在这方面,吴言很有天赋,一点就通。他绝大部分书稿都投向了全国各地的书法报刊,这些稿件没多久便纷纷被采用,有的还在全国获奖,新闻媒体还对他进行了专访,吴言很快便声名鹊起、家喻户晓了,组织上也很快对他重视起来,以后有什么好事,上面都考虑他。吴言在政治上能平步青云,在很大程度上要归功于他的书法。

吴言的书法好,但不值钱。有人在背后笑着说,吴市长的书法是不值钱的上品。为何这样说,因为吴言的字易求,上至商业界的企业大老板,下至平民百姓,只要到吴市长府上,求一幅字,吴言是有求必应的。因此,全市家家户户都挂满了吴言的字,说家里挂市长的字,这是一种荣耀,当然,很多人并不懂书法艺术。吴言有一位叫陈生的密友,在文化馆工作,也是位书法家。

在吴言还不是市长的时候,两人交往频繁,共同研讨书法。但陈生为人清高,一字难求。据说,一天,陈生在馆内习字。一位

商人来馆内找人,见了陈生的书法,大为惊叹,立即从包内掏出三千块钱,要买走此字。陈生笑了笑,抓过来便把整张书法作品撕碎了,扔进了废纸篓。那人气呼呼地走了。陈生骂了句,你不就是有两个臭钱吗?

陈生看不惯吴言的做法,就来说他。吴言不以为然,说,陈生呀,你不要太清高了,现在是市场经济了。陈生说,那你也不能太随便了呀!吴言笑着说,这叫贴近群众,懂吗?陈生说,不太懂。吴言又笑了说,你思想老化,说了你也不懂。吴言又说,陈生,你别再在文化馆待了,冷冷清清的,我给你调个热闹的地方。陈生说,不了,我还是待在文化馆吧!吴言问,为什么?陈生心想,说了你也不懂,便说,我习惯了。

后来,吴言出事了,贪污受贿,因数量巨大被判了死刑。

老百姓怎能容忍一个贪污犯的书法挂在家里呢?在这个时候,陈生公开购买吴言的书法作品,那些家里挂有吴言书法作品的人们都欢天喜地地拿来卖。几天下来,几百幅书法作品都藏在了陈生家中。

在监狱里,陈生去看吴言。陈生说,吴言,知道你是怎么毁的吗?吴言沉默不语。陈生说,你毁就毁在太随便上了。吴言听罢,泪如泉涌般地涌了出来。

后来,陈生的妻子问陈生,你买这么多字做什么。

陈生说,卖。陈生的妻子问,什么时候卖?陈生说,等人们忘记吴言是谁的时候卖。

陈生的妻子说,你难道不知道,人们记住一个贪污犯要比记住一个书法家容易多了。

没多久,陈生把这些书法作品运到一个旅游区,卖给了那些外国游人。这样就有两个吴言了。一个是外国人眼中的书法家吴言,一个是中国人眼中的贪污犯吴言。

领导感觉

　　同学聚会,大林开着轿车来了,还是风度依旧,让同学们羡慕不已。大林在我们大学时就是团支部书记。知情的同学说,大林这小子官运足着呢!人家从小学到初中,再到高中都是班长。大学毕业后,大林就到某个局当了几年办公室主任,不久就升到了局长这个位子。每次同学聚会,我们都让大林坐在首席。连当年我们的老师们也让大林坐首席,大伙也都不反对,为什么不反对。原因很简单,大林的级别高,人缘好,他为我们每个同学都办过事。就拿我来说吧,我和妻子原先是异地分居,工作各方面都很不方便,是大林帮我把妻子调到了我身边。大林前后没让我花一分钱。

　　这次酒桌上,大伙轮流着和大林喝。大林喝得撑不住了,摇摇晃晃地站起来说,各位同学,今天局里还有一个重要的会议等着我去开,你们继续喝,我先行一步,失陪了失陪了。你们谁有啥事用得着我,尽管去局里找我,自家弟兄,不必客气。

　　同学们都站起来说,大林,你有事就先去忙吧!我们理解,理解。大家很尊重地目送大林离去。我和几个同学还把大林送到了酒店门口,我还对司机说,伙计,把你们的林局保护好啊!

那个司机笑着说,你们放心好了,一定把他送到地点。

大林说,局里司机有公事,都很忙,咱不能用公车办私事,我要给他们带个好头。说罢,大林手一扬,开车。小车呼啦一声,绝尘而去。

我心一惊,哎呀!大林不愧是领导,觉悟就是高。连自家司机也不用了,还自己花钱找车来,佩服!

过了半个月,我有件事想请大林帮忙,就去局里找他。到了局里才知道,大林因犯了错误,三个月前就去下属一个单位当领导去了。我听了这个消息很吃惊,这么大的事大伙怎么没告诉我。我明白了,大伙也许早就知道这件事了,故心照不宣,来维护大林的领导感觉。

我突然感觉大林也挺可怜。

打 工

农村的女娃到城市打工的很多。在城市待久了抽空就想回家看看。小月就是这样的一个女孩,小月这九天有空儿,便回了趟家,家不远,坐车两个小时就到了。

小月回到家,就给父母一些钱,父母很高兴,这是女儿的一片孝心呢!父母见了村里人就说,小月又给俺钱了。这话传到了五嫂的耳朵里。五嫂听了,很羡慕。五嫂就有了种想法。五嫂来找小月,见了小月,五嫂没好意思直说,便先绕了个弯子,五嫂问,小月,城里咋样?

小月说,还可以。

五嫂问,工作累吗?

小月说,开始觉得累,习惯了就不累了。

五嫂笑着说,闺女,你让小青也跟着你去吧!

小月笑着说,小青还小呢!

五嫂说,不小了,都十七岁了。

小月的父母觉得五嫂也不是外人,说,小月,你就让小青跟你去吧!

小月就领小青走了。小月对小青说,不许后悔。小青高兴地说,绝不后悔。

小青也在城市打工了。在城市待久了就想回家看看,小青这天有空儿,便回了趟家。

小青回到家,就给父母一些钱。父母很高兴,这是女儿的一片孝心呢!父母很高兴,见了村里人就说,小青给俺钱了。这话传到了邻居三娘的耳里。三娘听了,很羡慕。三娘就有了种想法。三娘就来找小青,见了小青,三娘没好意思直说,便先绕了个弯子,三娘说,小青,城里咋样?

小青说,还可以。

三娘问,工作累吗?

小青说,开始觉得累,习惯了就不累了。

三娘笑着说,闺女,你让小梅也跟着你去吧!

小青笑着说,小梅还小呢!

三娘说,不小了,都十七岁了。

小青的父母觉得三娘也不是外人,说,小青,你就让小梅跟你

去吧!

小青就领小梅走了。小青对小梅说,不许后悔。小梅高兴地说,绝不后悔。

小梅也在城市打工了。在城市待久了就想回家看看,小梅这天有空儿,便回了趟家。

小梅回到家,就给父母一些钱。父母很高兴,这是女儿的一片孝心呢!父母见了村里人就说,小梅给俺钱了。这话也传到了村主任家里。村主任的婆娘听了,很羡慕。村主任的婆娘就有了种想法。村主任的婆娘就来找小梅。见了小梅,三娘没好意思直说,便先绕了个弯子,村主任的婆娘说,小梅,城里咋样?

小梅说,还可以。

村主任的婆娘问,工作累吗?

小梅说,开始觉得累,习惯了就不累了。

村主任的婆娘笑着说,闺女,让燕子也跟着你去吧!

小梅笑着说,燕子还小呢!

村主任的婆娘说,不小了,都十七岁了。

小梅的父母觉得村主任家也不是外人,说,小梅,你就让燕子跟你去吧!

小梅就领燕子走了。小梅对燕子说,不许后悔。燕子高兴地说,绝不后悔。

村里人也有到城市去的时候。去的时候很少,碰上几个女娃的时候更少。但有一次还是碰上了,那天,村主任去城里办点事,办完事,村主任走在一条街上,一条软绵绵的手臂在后面搂住了自己,说,先生,到里面去洗洗脚,按按摩吧!村主任惊了一下,回头一看,那女孩吓了一跳,转身向一个发廊跑去,躲了进去,还有几张熟悉的面孔也躲了进去。村主任什么都明白了,什么都明白的村主任,什么也没说,走了。

到了家,婆娘们都来问,见到孩子们了吗?村主任说,没有。但村主任还说了句,孩子们都不小了,该找个婆家了。

弄丢名字的女孩

女孩从一个很远的地方来到了这个繁华的都市。来到都市,女孩就后悔了,因为在这儿找个工作很难。没法儿,女孩就进了一家夜总会,做起了那个营生。女孩第一次被男人叫了去,女孩走进了男人客房。男人见了女孩,笑了笑,说,你叫什么名字?

女孩说,我叫燕子。

男子说,你今晚不叫燕子了,好吗?

女孩想了想,说好啊!

男人说,今晚你叫阿芳。

女孩很好奇,问,阿芳是谁呀?

男人说,她是我的初恋情人。

女孩听了,笑着说,今晚我就是你的阿芳了。

男人听了很感动,就把女孩搂进了怀中。

在这儿时间长了,女孩就摸清了男人的一些心理。到这儿来的男人,都喜欢给女孩带来一个名字。这天来了一个男人,男人三十多岁的样子,长得很帅,见了女孩,心像被什么东西撞了下。

男人问女孩,你叫什么名字?

女孩一听,笑着说,先生说我叫啥就叫啥。男人听女孩这样说,就开心地笑了。男人说,今晚你就叫小慧吧!

女孩听了很好奇,说,小慧是谁呀?

男人说,小慧是我的前妻。

女孩明白了,女孩就笑着说,今晚我就是你的小慧。

男人听了很感动,便把女孩搂进了怀抱。

就这样,女孩在这里很吃得开。这天又来了一个男人,男人点了女孩为他服务。男人一看见女孩就开心地笑了。男人问,你叫什么名字?

女孩说,先生说叫啥俺就叫啥。

男人说,你叫倩儿好啦。

女孩问,倩儿是谁呀?

男人说,倩儿是个女鬼。

女孩笑着说,我是鬼你也敢靠近我?

男人说,敢呀,我怕谁。我是色胆包天呢!男人说着,就向女孩走了过来。

这时来了一群人,女孩被抓走了。一个非常严肃的男人问女孩,你叫什么名字?

女孩说,你说我叫啥我就叫啥。

男人说,我们是公安局的,你放尊重点,你到底叫什么?

女孩想了想,就哭了,哭得很凶。因为女孩把自己的名字弄丢了,女孩实在想不起来自己叫什么了……

后来,女孩就回家了。女孩知道,只有回家,才能把丢失的名字找回来。

绝　路

陈明是很晚才从镇上的小厂子回到家的。

在家门口,陈明吓了一跳。门口缩着一个人,那人也让陈明的摩托车声惊醒了,忙用手臂去捂自己的脸。但陈明已认出了他,陈明说,这不是吴刚兄弟吗?你怎么蹲在这儿,快进屋呀!

吴刚忙站起身来说,陈大哥,你来了。

到了家,陈明忙让妻子给吴刚倒茶,陈明就抱怨妻子说,你是怎么搞的,吴刚兄弟在外面等了老半天了,你怎么不让人家进屋坐呢!

陈明的妻子说,吴兄弟来找你有点事,我说你在厂里还没有回来呢。吴兄弟就说我先走了,等你来再说,我怎么知道吴兄弟还在门外等着你呢!

吴刚说,陈大哥,这不怨嫂子,是我愿意在外面等的。

陈明摇摇头说,真是妇人,不可救药了,她又不是不知道我天天回家,就不会让你在家等我,吴兄弟不是外人,你来找我肯定是有大事情的。说完,忙安排妻子去炒几个菜。要和吴刚喝两杯。

吴刚一听,忙说不用了不用了,我有一点事情,说完就走。

陈明说,这哪成,我们是兄弟,有什么事我们边喝边聊。

吴刚一看陈明把话都说到这个分上了,就不好再说什么了。

菜上来了,陈明开了一瓶酒,给吴刚倒上,陈明的妻子在一旁

也劝吴刚多喝两杯。吴刚想把事情给陈明说了,但见陈明如此热情,就有点不好意思说,但还是陈明先开了口,陈明说,兄弟,你今天这么晚来找我,一定有什么大事,你说吧!只要哥哥能帮上你的,就会尽力的。

吴刚见陈明先开了口,寻思这就好办了,但还是有点不放心地看了看陈明。陈明看出了吴刚的犹豫,就说,你说,兄弟。咱还是外人吗?你忘记了?我小时候在你村上学,不是常在你家吃住吗?是的,那时候陈明的村小,没有学校,孩子们便都跑邻村去上学,陈明便和吴刚成了同学。陈明那时候常在吴刚家里吃饭。

吴刚说,那我就说了,陈大哥,你能不能借我点钱?

陈明一听脸就紧了一下说,多少?

吴刚说,三千,我妈病了,急等着做手术,我也是没办法呀!吴刚说着"扑通"一声,就跟陈明跪下了。

陈明忙把吴刚扶起来说,你这是干什么,快起来快起来,有话慢慢说,你还是外人吗?有些事情你也许还不知道,当年听我妈说,俺妈生我的时候,咱俩同在一个病房里,当时我妈没有奶水,我饿得哭,是你妈喂我奶呀!你妈也是我妈呀!兄弟,你不是外人,我把实话都给你说了吧!你别看我现在开了个小工厂,在大家伙眼里是发了,其实那都是骗人的!你说这年月谁不喜欢说自己有钱,你说你有钱,大家伙都看得起你,都拿你当爷,我是在外面打肿脸充胖子呢!天天吹自己有钱。你还不知道,我光电费都欠好几万了,我的电费再不交,人家就要给厂子停电,兄弟,我有难处啊!陈明说着说着就哭起来。

陈明把吴刚哭得心软软的,吴刚说,我不为难你了,大哥,我再去别的地方想想办法。

陈明说,兄弟,咱妈病了,我明天就去看她老人家。

吴刚说,大哥,我妈还在医院里躺着呢！我不能在这里坐得太久,我要走了。

陈明说,好,兄弟,我知道你心里装着事,也不能留你了,你看看,这酒没喝好,饭也没吃好……

吴刚说,大哥你太客气了,大哥能留我喝杯酒我已经很高兴了,天很晚了,我要回医院看看。

陈明拍了一下吴刚的肩膀说,好,兄弟,我就不留你了,等咱妈的病好了,咱哥俩再好好地喝一杯。

吴刚走后,陈明的妻子说,陈明,你前几天不是说你发了,这个月能挣好几十万的吗？怎么和吴刚说亏损了呢？

陈明说,你懂个屁,看见吴刚我就知道他是来向我借钱的。我不哭穷能行吗？

妻子说,你和吴刚是同学,他家对你有恩啊！不就是三千块钱吗？借他不就得了。三千块钱对你来说,还不够进城吃一顿饭的呢！

陈明说,你真是妇人之见,我吃饭那是为了生意。咱村就我混得好,都知道我有钱,大伙都看着我呢！你说有恩,我问你,你说咱村谁对我没恩？谁家没有困难,只要我借吴刚钱,我的日子别想过了,他们都会跑来跟我借钱,我不借,非得落个不仁不义的骂名,我借,我能借得过来吗？这叫"杀一儆百",懂吗？

陈明妻子听得脑袋懵懵的。

陈明说,说了你也不明白,你明天买十斤鸡蛋买箱奶,奶要纯的,去看看吴刚的妈。说完,陈明又继续喝他的酒。

吴刚从陈明家出来,心烦极了,他和陈明这么好,他家对陈明

的恩情这么重,本想指望陈明这块云下雨呢!没想到他也有难处啊,心想,这年月谁家都有一本难念的经啊!吴刚骑自行车走到村口,烟瘾突然上来了,就在村口的小卖部买包烟。他把自行车放好走过去,小卖部门口围了几个人在聊天,吴刚一听,才知道他们在聊陈明,有的说陈明这小子发财了。那一个说,陈明今年至少要挣十几万吧!一个说,可不是,你听说了吗?陈明还在小县城养了个小老婆。吴刚听了这些话,心里很不是滋味,心说陈明不是说他没有钱吗?怎么都说他有钱呢?吴刚就有意插了一句,陈明没有钱,是欺骗你们的。那人就说,你知道还是我知道,俺闺女在他厂里当会计,他有没有钱,俺心里最清楚了。前阵子,陈明从广东拉来一个客户,赚了好几十万呢!吴刚听了这话,简直不敢相信自己的耳朵,陈明啊陈明,你太让我伤心了!我们打小一块长大,一起上学,一起放学,吴刚想着想着,仿佛回到了童年时代……

  吴刚很伤心地回到了医院。

  次日,陈明的老婆一大早儿就拎着东西去看吴刚的母亲。吴刚见到陈明的老婆,心里就在骂,假惺惺地装给谁看。吴刚现在才明白,今天的陈明已不是以前的那个陈明了。吴刚对陈明的老婆冷言说,谁稀罕你们的鸡蛋,鸡蛋我们有的是,谢谢你的一片好意,你拿回去吧。吴刚的母亲见吴刚这样,就很生气,认为人家是好心来看自己,儿子怎么可以这样对待人家,很不通情理,就说,刚儿啊,你陈明嫂是好心来看我,你怎么可以这样说啊!真是个不懂事的孩子。吴刚的母亲忙向陈明的老婆解释。

  陈明的老婆一脸的笑意说,大妈有病,吴刚心里着急呢!我能理解的。说完,就找了个借口逃出了医院。

吴刚一直被钱的事烦着,他得想办法,可哪有什么好办法,该借的地方都借了,医生这边又催得紧,妈妈的病不能再拖了,需要赶快动手术。这时候的吴刚如热锅上的蚂蚁,恨不得去抢银行了。这个时候,平时和吴刚很要好的一个朋友张路来找他,他听了吴刚的事后,说,哥们儿,我现在也没有钱可以帮你啊!唯一的办法就是……张路没有把话说完,用眼睛看了看吴刚。吴刚说,你说啊,什么事我现在都敢去做,只要能让我母亲看好病,我豁出去了。

陈明好几天没有去县城看那个叫小惠的女孩了。陈明是在酒店认识小惠的,陈明常常陪顾客去酒店吃饭谈生意,在那里认识了服务员小惠,陈明第一眼就对这个女孩有了感觉,陈明就常常给小惠一些小费,后来小惠就和陈明熟悉了。再后来,小惠就做了陈明的小老婆。他在县城的一个小区给小惠买了一套房子。这天,陈明给小惠买了几件衣服。他把车停在了小区门口,走到小区里,陈明想起来了,自己的包忘在了车里,他有点不放心,包里有几千块钱现金和一些重要的合同书,他就赶忙返了回来。小惠已经在楼上看到他了,就喊,陈明。陈明好像没有听见。小惠骂道,这个该死的,不知道又落下什么东西了。小惠也从楼里跑了出来。

陈明远远地看见有两个人在撬车门,陈明慌忙跑过去,但已来不及了,车门已被撬开,一个家伙喊道,不好,来人了,两个家伙拿了车里的包撒腿就跑。陈明一看急忙追了过去,跑了很远,两个家伙见陈明紧追不放。其中一个说,这小子怎么还追,不想活了。另一个说,怎么,你想杀人灭口。那个说,顾及不了这么多了。另一个说,兄弟,我知道你是为了我才这么做的。我不能害了你。说着,就夺过那个人的刀子,说,我来干掉他,你拿包快跑。这时陈明已赶到,他跑得太快,惯性地往两个家伙身上一扑,其中一个一转身,正好把刀子插进了陈明的胸口。这个时候,两人都愣住了,陈明捂住了胸口,说,吴刚,怎么是你?吴刚说,陈,陈大哥,我,我不是有意的。吴刚的同伙说,你这个傻瓜,你杀人了,还不快走!说完,拉着吴刚就跑。小惠也已经赶到,看到陈明浑身是血,小惠吓坏了,小惠喘着气说,你怎么了,我已经报警了。陈明说,快送我去医院。说完,眼前一黑,就晕倒在地。

三天后,陈明在医院里醒来,碰巧的是,陈明住的医院和吴刚母亲住的医院是同一个医院。陈明醒来,看到的第一个人竟是吴刚的母亲,吴刚的母亲坐在床前,流着泪珠儿说,明儿,我的孩子,你终于醒来了,是谁把你害成这样啊!

陈明说,大妈,没事的,你不要难过。陈明像想起什么来了,问,大妈,你动手术了吗?

吴刚的母亲说,刚儿说去借钱了,去了几天了也没有见回来呢!

陈明说,大妈,看病要紧,我们不要等他了,你赶快做手术吧,钱我先垫上。

吴刚的母亲走上手术台那天,吴刚回来了,吴刚知道了一切,就去病房看陈明,当场就给陈明跪下了,说,陈大哥,是我对不起你啊,陈大哥给我一刀吧!你把我送进公安局吧!

陈明无力地摇了摇头说,算了,我现在终于明白了,有时候人做事不能太绝了,把别人推到绝路上去,也就把自己推上了绝路。

爱情能够让谁付出勇气

我失恋了,这两天心情有点烦,一心烦就什么也不想干,就随处走走。这天傍晚我来到河边,见一个漂亮的女孩在河边哭,我就走过去问女孩为什么哭。女孩说我失恋了。我的天,这么漂亮的女孩也失恋。我对女孩说我们真是同病相怜。女孩就睁大了眼睛看着我说,大哥我不想活了,我想跳河。我说,妹妹,你好幸福。女孩说,大哥你别笑话,我是个快要死的人了。我说,不是的,你想不开还可以跳河,可我连河也跳不成。女孩说,为什么,跳河不是很简单吗?我说,我会游泳,河水淹不死我,跳河有个屁用。就这样,我和女孩海阔天空地聊了起来。女孩向我讲述了她失恋的过程。

原来女孩和喜欢的那个男孩在一个公司打工,他们也真真正正相爱了一段时间,谁知道公司董事长的女儿看上了男孩,但男孩不喜欢董事长的女儿。但后来发生了一件事,让男孩选择了董事长的女儿,男孩的父亲病了,得要一大笔钱动手术,男孩拿不出来这个钱,董事长的女儿知道了这件事,找到了男孩,要男孩做她的男朋友,她就拿出钱来给他父亲看病。男孩就找到了女孩说,我实在是没有办法了,我不想为了爱情,让别人来骂我是不孝之子啊!就这样,他们就分手了。

我听后很恼怒地说,你不要难过,我可以帮你把你的男朋友追回来。女孩说，真的吗？我用手指了指前面的别墅说，看到了吗？那套别墅就是我的。就这样，女孩跟我回到了我的别墅。我对女孩说，如果他可以回心转意，我可以给你们一大笔钱，让你们这辈子花不完。不过，我要考验他一下，看看他能不能为你们的爱情付出勇气。女孩就点头同意了。

这天，女孩通知了男孩。男孩还很准时地来到了我的别墅。我叫了我手下好几个打手，我对男孩说，你不是想要钱吗？但要先过我这一关。男孩说，行，你来吧。

我一点头，那几个打手就恶狠狠地扑过去，对男孩就是一阵猛打，那几个家伙真是下了狠劲，专往死里打。打得那男孩在地上直打滚。那男孩突然喊道，不要打了，不要打了，钱我不要了。我一摆手，就停止了殴打。男孩恼怒地对女孩说，你雇请我的时候不是说打得不厉害吗？你看他们把我往死里打，我再不喊住手，我的命就没了。我一听傻眼了，说，这是怎么回事？女孩说，对不起，我是怕他挨打，没敢让他来，就雇请了一个替身。我说，你怎么这么没出息呢？你这样怎么能干大事呢？女孩说，我下次一定让他来。再给我个机会。

这次，那个男孩果然来了，我看见那男孩真的很酷很帅，怪不得女孩对他动心呢。我这次没让那几个看家狗动手，我自己来，我上去迎头就给男孩一拳头，男孩的嘴角立马流血了。我一看乐坏了。我紧接第二拳又过去了，男孩的额头又让我打肿了。我再打第三拳的时候，男孩就躲开了。女孩就不争气地跑了过来，"扑通"一声给我跪下了，说，别打了，别打了，钱我们不要了。

我听了这话拳头变得像面团一样。我说，你们这叫什么爱情啊？

污　水

海敲开了村主任四平的门,海说,村主任,我们要去县里告成昆。

四平握在手里的酒杯颤抖了下,说,告什么？说啥子疯话,成昆捐给咱村盖新学校的款子快要到位了,这个时候去告,不把那笔款子告没了。

海结巴了,我,我承包的几亩地全让成昆厂里流出来的污水给毁了,到时候颗粒不收,我拿什么还租地金。

四平说,你去吧！我不拦你,到时候成昆的款子拨不下来,我就找你要。再说了,你的孩子也在村里上学,天一下雨,教室就漏水,孩子在里面很危险啊！村里又拿不出钱来。现在你就委屈一下吧！再说也不光只有你的地污染,是不是？

四平这样一说,海就很无奈地蹲在地上掉眼泪。

四平一看很来气,说,你哭鸟啊！我的酒兴让你全哭跑了,好了,起来吧！来陪我喝就好了。

成昆在镇上开了一个造纸厂,厂里流出大量的污水,把村里的一条可以灌田的河给污染了,村民怨声一片,但大都又不好开口,因成昆常常给村里做好事,给村里捐款,成昆一拿出钱来,大家就觉得他还有人情味,想告他的想法就冷了下来,就这样反反复复。

这次大家又动起来了告成昆的念头,大伙见天不下雨,那水不能灌田,就鼓动海,说他地多,要让他领头。

四平给海倒了一杯酒,说,这事你也不要着急,我过几天去找成昆看看。

海点了点头,很勉强。

过了数日,四平村主任到镇上找成昆了。

四平回来的时候,有几个村委会的人正在等他,其中一个说,大事不好了!

四平说,咋了?

来人说,几个闹事的,到县里告成昆去了,要是告到环保局,那麻烦可就大了,现在如果我们去得及时,还可以把他们找回来。

四平笑了笑说,这个是早晚的事,不要找了,让他们去吧!

四平这样一说,来人就你看看我,我看看你,谁也说不出话来。

四平说,现在什么事都不要管,要建新学校,施工要快。

大伙儿就按四平的意思去办了。

建新校很快动工了,那天上面来人查成昆的厂子了。前后四平没说半句成昆的事,好像成昆和这个村没任何关系一样。

很快,成昆的纸厂被上面查封了。成昆没法儿,就回到了村里。

新校建好后,四平请来了县教委和镇里的领导,他说,这个学校是成昆出钱建的,让成昆出来说几句。可是成昆就是不出来。

从此,村里人见到成昆就躲着走,像逃债的见到了债主似的。

一日,成昆和四平一块喝酒,酒过三巡,成昆哭了,四平说,怎么了,兄弟?

成昆说,我心里堵得慌!

四平说,你喝多了,兄弟!

成昆真喝多了,摇晃地走出四平的家,四平怕他摔倒,就去扶他。

成昆的胸口像有什么东西,很堵。四平扶他的时候,他一张口,就吐到了四平的身上,然后哈哈大笑地走了。

四平半天没回过神来,呆呆地站那儿,像一根木头。

陪县长喝酒

我和县长是很好的朋友,现在我不得不承认,陪县长喝酒是件很累的活儿,这不是说我喝酒不行,恰恰相反,我酒量很好,能喝两斤白酒没事。问题是县长老喜欢让我讲笑话,我在家没事的时候就专门收集笑话。那天喝酒,县长又让我讲笑话,县长说,王作家,你讲个笑话。大伙说,王作家,县长都点名让你讲了,快讲个吧!

好,我就给大家讲一个,某夫妇当街而过,一只鸽子飞过天空,一泡鸽粪不偏不倚地落在太太肩上,太太急了,忙叫丈夫拿纸。丈夫抬头,见鸽子不讲卫生,到处拉屎,却不知妻子叫他拿纸干什么,说:"叫我有啥办法,追上前去给它擦屁股呀!"

大伙听了都哈哈大笑,突然,都不笑了,都愣住了,原来一桌的人,唯独县长没笑,他在那里拉个很长的脸,大伙吃不准了,都

不敢笑,是啊！连县长都不笑,他们哪还有资格笑,那不是越礼吗！问题是这个笑话很好笑,大伙都想笑,但又不能笑,想笑不能笑的滋味多难受啊！

县长说,我给大伙说个笑话。接着,县长就说了个笑话,虽然他说的笑话一点也不好笑,但我们大家都哈哈大笑起来,因为县长都笑了,我们敢不笑吗？叫陪笑。这个感觉也不好,本来我们不笑的,县长硬逼我们笑,我想,如果让我照镜子,我笑得比哭还难看。

我和县长的这种不协调,让我很苦恼,以后他再喊我去喝酒,我就找理由推辞,推辞理由也要巧妙,有次我说在忙。县长就臭骂我一顿,说,小样,你比县长还忙吗？县长这样一说,我就吓坏了,立马赶过去陪县长喝酒。说是喝酒,还不如说是去陪笑呢！

有次县长又喊我去喝酒,不过这次县长是专门喊我去喝酒的。县长说,王作家,你过来喝酒,就我们俩。我听县长专门请我,就琢磨不透他的心思,就马上过去。

县长这次又让我讲笑话,县长说,再给我讲个笑话。

我说,县长,我每次讲笑话你都不笑,我还是不讲了。

县长说,不妨事,你讲。

我就勉强地讲了个。

县长听了哈哈大笑。

我惊奇地看着县长。

县长说,兄弟啊！其实,我最喜欢听你讲笑话了,但你知道我为什么不能笑吗？

我说,不知道,我又不是你肚子里的虫子。

县长说,晕！你们笑我也跟着笑,那我是什么了？那我就不是县长了。你们都不笑的时候,我要笑,我要领着你们笑,因为我是县长啊!

我懵懂地看着县长。

县长说,还有,你知道吗?你们想笑的时候,我压着不让你们笑,你们憋的样子,要多好笑有多好笑。还有你们不想笑,我引你们笑的样子,你们那皮笑肉不笑的样子,要多好笑也有多好笑。我笑的是人,你们笑的是笑话啊!

我搞不明白了,我说,县长你为什么给我说这个啊!

县长说,我过几天就要退居二线了。我打算提拔你,今天我是给你传授做领导的经验。

我郁闷起来,我不为马上做领导而惊喜,而是琢磨这个经验我要不要接受。

老人与科长

单位集体体检,科长被查出了疝气,那时科长老感觉小肚子有东西在往下坠,要是出大力的人,很容易感觉到疼痛,但科长不出力,天天在办公室,科长就没当回事,觉得快到单位体检时间了,结果出来了,没想到是疝气。科长问医生,怎么办?吃药吗?

医生说,这个病吃药怕不行,要手术,不过你放心,也不是什么大手术。局长当时也在体检,看到科长是疝气,就说,我年轻的时候也得过疝气,小手术。你这是初期,不手术,到了晚期,你一

弯腰，小肚子就痛，到那时，有你受的。

科长听局长这样说，就有些害怕了。

局长说，你就放心手术吧！我安排个人，专门伺候你，医疗费也没几个钱，局里给你报就是。

就这样，科长住院了，科长没想到手术这么简单，就是在小肚子上割了个口子，医生捣鼓几下，又把口子缝上，说不要乱动，需要一个星期伤口才能复合，三个月不能出大力，伤口要是开了就麻烦了。出大力是不会的，在办公室喝茶看报纸签个字，去质检工程，这个就是科长的工作。他们的科可是个权力部门。

听说科长住院了，还做了手术，就有人拎着大包小包来看科长。科长躺在病床上，喝着茶，像个怀孕的妇女，来看科长的大都是承接各个工程的包工头，他们嘴上抹蜜，小嘴甜得让科长感动得不得了。有的干脆还掉眼泪，说，科长，怎么会得这样的病？我情愿挨一刀，也不愿意让科长挨一刀呢！

科长忙说，哭什么，我还没感觉到痛呢！科长躺床上，每天应付着这些人。在病房的还有三个病号，他们外貌"潦草"，一看就是乡下来的。他们看到这么多人来看科长，羡慕得不得了。在他们眼里，科长就是有本事的人，就是大官。他们还在心里为科长担心，送来那么多礼品，科长往哪里搁？后来，大家才明白，他们的想法是多余的，科长的太太天天开车过来一次，把礼品装上车拉走，她来不像是看科长的，是专门来拉东西的。

病房里有个老人，乡下来的。老人也是疝气。老人毕竟有经验，感觉小肚子有东西往下坠，就知道是疝气，也知道不是大毛病，就拿了合作医疗证来了，老人知道手术以后不能大活动，就买了一箱子火腿肠和方便面。恰好老人的病床和科长正对着。科长寂寞的时候,就与老人唠嗑。科长说,大爷,你儿子怎么不来看你?

老人就说,忙啊!

科长对这个回答很不满意,说,哪有这样的儿子,老爷子有病,他再忙也应该来看看啊!你把他手机号给我,我要好好教训教训他。

老人就笑笑,说,他没手机,他没手机。

这年头谁没手机,连捡垃圾的都有手机,科长想,肯定是儿子不孝敬,他不敢让我打。

中饭,科长让陪护去外面的饭店买,老人就吃自带的方便面和火腿肠。科长说,哪能吃这个?伤口复合需要高蛋白。就拿了一盒酸奶给老人。

老人说,谢谢,我喝不惯那玩意。

陪护是科长的一个手下,是新来的年轻人,一直想找机会讨好科长可是找不到。现在机会来了,他岂能放过,他专门在外面做好甲鱼汤,端到科长的床前,一副大孝子的样子。这让科长很受用。科长要把甲鱼汤分点给老人。老人说,你吃吧,那东西大补,我这老弱身子不能补得过猛。

老人不用科长的东西。科长觉得老人毕竟是乡下人,能和我住一个病房是他的福气,科长有些看不起老人,你一个乡下人清高个啥啊?再来人看科长,科长就故意给老人炫耀,说,他们都是来求我办事的。怎么样?大爷,我官不大,可是权力部门。

老人说,你还年轻,做事自律点好。

科长白了老人一眼,说,这算啥?有个包工头在酒店请我吃一顿都好几千。

老人听了把眼睛瞪得大大的，说，那抵得上我种一年地呢！

科长得意起来，就故意给老人卖弄了下官场怎么样请客，怎么样送礼的细节。

老人听得愣愣的。

这天傍晚，有个中年人来看老人，进了病房，见了老人就说，爸，你做手术怎么不对我说？

老人说，小毛病，我的身体还挺得住，再说你那么忙，给你说了，你也不能伺候我啊！

来人说，现在恢复得怎么样？

老人说，很好，不痛不痒的，明天就拆线了。

来人说，那就好，要不要我跟院长说，给你点照顾，说着就对身边跟来的一个人说，去，把院长给我找来。

老人说，不要了，这是不让我活了？你爹还没那么尊贵，不要别人照顾。

科长这时正在睡觉，他们的谈话把他吵醒了，他就装睡，听到把院长找来，心一惊，乡下人还敢找院长？他就转过身子，这一看不要紧，吓得差点从床上掉下来，忙起床，也顾不得身体的不便了，说，李市长。

来人一回头，也很惊奇，说，这不是张科长吗？快躺下。来人就用手去按科长，你怎么也住院了，你什么病？

科长忙说，不碍事，不碍事，和大爷一样，疝气。李市长，真对不起，我和大爷一起住几天了，没想到大爷是您父亲。

来人说，没什么，我爸不习惯城市生活，一直住乡下，我回老家才听邻居说的。我就赶来了。

来人给老人说了一会儿话，丢下些钱，说还有会议，就走了。

次日,科长就给局长打电话,告诉他,市长的父亲在住院,快过来探望,安排完,科长又给陪护的年轻人一沓钱,让他给老人去买最好的礼品过来。

科长处理完这些事,回病房的时候,发现老人的床上空空的。科长以为老人去厕所或者取药去了。可是半天不见老人回来。

老人走了。

这下科长很后悔,为什么跟老人说一些官场的话,还有那些来看他的人,老人可都看在眼里啊!老人会不会给市长汇报?一会儿局长那帮人来了,怎么解释呢?想到这里,科长犯愁了。

游　移

两个人去厕所,在厕所里说悄悄话。一个人说,知道吗?咱科的邹敏和吴厂长好上了。另一个人说,早知道了,你还拿着历史当新闻。这年月这话说说也没啥,可不该让别人听到。这个别人不是外人,是邹明,邹敏的大哥。那天,邹明刚想提裤子站起来,无意间,就听到了这段话。

听到这话,邹明就非常气愤地走出厕所。他想,妹妹怎么可以跟吴奇好呢?吴奇虽是厂长,可人家是有老婆的人。妹妹还是个黄花闺女呢,怎么能做出这样伤风败俗的事来。

回到车间,邹明再也无心工作,满脑袋都是这事。忽然,邹明的手被什么扎了一下,邹明赶紧往回抽手,可已来不及了。这时

工友们都围了过来，有的跑去喊车间主任，有的找布给他包手，幸好没伤着骨头，车间主任来看了看，让邹明去厂医院拿点药，回家休息几天。

就这样，邹明在家歇了几天。邹明这天正在家睡觉，工友杨涛来看他，杨涛同时还给他带来了一个坏消息，说车间要减员增效，邹明的心就紧了一下。邹明明白这年月减员增效意味着什么，说白了就是下岗，妻子已下岗两年多了，天天起早贪黑地在菜市上当菜贩子，要是自己也下了岗，这日子真是过不下去了。

杨涛走后，邹明越想这件事越害怕。到了下午，邹明见了妻子，也没敢告诉她这件事。好不容易熬到了傍晚，邹明对妻子说他到母亲那儿去看看。邹明结婚后，就和母亲分开过了。母亲在另一个小区。邹明在这一下午的时间里已想到一个绝妙的办法。他当然不是去看母亲，而是去找妹妹邹敏。

到了母亲那里，母亲不在。邹敏正在自己的卧室里化妆。邹敏见邹明来了，便问，哥，有事？邹明便绕了个弯说，没事没事，来看看。邹敏笑了说，哥，给我还绕弯子，有什么事？不能跟我说说？邹明说，也没什么事，听说单位要减员增效，你嫂子下岗了，我要是也下岗了，这日子算是没法过了。咱妈不也是厂的老工人，看看有没有关系跑跑？邹明说这话时，就装出了一脸的可怜相。邹敏说，哥，你先回去吧！我帮你问问，放心吧，下不了你的岗。邹明说，行行，便走出了家。

第二天，邹明去上班，正好这天公布下岗人员的名字。邹明找了半天也没找到自己的名字。邹明高兴地差点跳起来。

接下来的日子，厂里的一切都要进行改革。车间也要竞选主任，邹明的心很不安分起来。邹明想竞选车间主任，他知道，每个月车间主任要比普通工人多领几百元的工资,但凭自己这点能力,竞争个主任把握不是很大。这时,他又想到了妹妹邹敏。碰巧,邹敏来邹明这边玩,邹明便顺其自然地说起这事。邹敏没有像上次那样畅快地表态,但眼色里流露出了要帮忙的意思。邹明说,要是我能竞选上主任,我就可以月月多给咱妈几个钱,你嫂子也不要天天这么辛苦劳累了。

没几天,竞选车间主任开始了。邹明做梦也没想到,自己的竞职演说会得到厂领导的全票通过,邹明当选为车间主任。成了车间主任的邹明很快就感受到了生活的春光灿烂。工资提上去了不说,还常有工人给自己送点礼或拉去酒店喝两杯,连老婆对自己也另眼相看了。这天邹明去厕所,在厕所里又听到两个人在悄声说话。一个人说,知道吗?吴厂长在和老婆闹离婚,一个人说,知道了。邹明听了这话,就美滋滋地想,若是和吴厂长这样的人攀上亲……邹明想着想着,喜色就爬满脸上。

黑夜里的歌唱

森森怎么也没想到,李老师答应让他在儿童节晚会上唱歌的事,突然就变了卦。当时,李老师告诉他这个消息时,他不敢相信自己的耳朵,还以为听错了。这事有些蹊跷,森森成绩不错,是学习委员,那天他给李老师送作业,李老师在办公室私下说的,李老师说,森森,你的歌唱得不错,马上到儿童节,我推荐你到晚会上去唱,愿意去不?

森森当时激动得说不出话来,只知道傻笑。

李老师看森森笑,就知道了森森的想法,说,咱们说定了,你不要跟别的同学说,这事就我们俩知道。

可是,今天的音乐课上,李老师念了去参加演出的同学名单,偏偏没有他。这怎么回事?难道李老师把他忘了,或者那天说着玩的,但在森森眼中,李老师是个说话算话的人。他想问问。

放了学,森森没马上回家,就在学校的大门口等李老师,办公室人多,他不敢进去问,毕竟这不是交作业。他把问李老师的台词在心里练习了几遍,两眼死死地盯着李老师的办公室,生怕李老师走掉。

李老师终于从办公室走了出来,森森想先躲起来,他知道李老师要去推车子,这样大摇大摆地在这里等,不好。

李老师推车走出来,没有留意森森的出现,见了森森,他很吃惊,森森,你还没回家,有事吗?

森森说,我,我……刚才在心里背了半天的台词,到这时又全忘了。

李老师看出来森森有心事,就鼓励他说,森森,有什么事你就说,老师能办到的,一定帮你。

森森受了鼓舞,说,李老师,我还能参加晚会的演出吗?

李老师说,森森,我们学校的晚会很多,国庆节、元旦都有,下次再参加不一样吗?李老师没做出正面的解释,只是给了森森一个希望。

森森不知道自己是怎么回到家的,说是家,只是包工头在工地临时搭的宿舍。森森的爸爸二喜是农民工。本来森森在农村老家,跟奶奶上学,奶奶突然发心脏病去世了。生森森时,他妈死于难产,没了亲人。没办法,森森爸爸二喜只好把森森接到城市来就读。

森森很喜欢唱歌,奶奶也教他,他自己也跟着电视上学,还跟音乐老师李老师学,老师同学都夸森森的歌唱得棒,有天赋。森森高兴就唱歌,苦闷了也唱歌,唱歌成了森森表达心情的一种方式。

接下来几天,森森都在闷闷不乐中度过,整天忧心忡忡的样子。孩子和大人不太一样,有了心事不善于隐藏。大伙儿都来逗森森,希望他开心点,可都没成功。后来,二喜还是从森森口中套出了话。大伙儿说,现在的老师真不是东西,连孩子都忽悠,二喜,你去问问那个狗屁李老师,怎么弄的?看看还有希望吗?

二喜从李老师家出来,也成了有心事的人。李老师的话不断地在二喜脑海回荡。李老师很斯文,说都是校长干的,他本来把名单报上去了,让校长拿掉了。城里的孩子,课余都学习唱歌跳舞的,都想在"六一"晚会上表现一下,家长纷纷找校长,没办法,就把森森拿掉了。听说一个孩子的家长,为让女儿上晚会,给校长送了不少礼。李老师还说,官大一级压死人,我有什么办法呢!希望二喜能理解。

二喜说,理解,理解。校长的厉害,在森森入学的时候,他已领教过。他这一辈子都不愿再看到校长的那张霜一样的脸。

李老师还说,这些实情,不要给孩子说,对他心灵会留下阴影。二喜说,李老师,你放心,我保证不说,保证不说。

李老师很内疚地说,都怨我,都怨我,我不该给森森承诺什么,让他白高兴一场。

二喜该怎么跟森森说呢？这一下子难住了他。唉，这个可怜的孩子。想不出好办法，二喜就恨自己，恨自己不够强大，恨自己只是个农民工。可是有什么办法呢？这不是他能掌控的，也不是他能改变的。夜很黑了，他看了看路旁迷人的霓虹灯，路旁不远处的高楼大厦的窗口都透着光亮，像在炫耀着他们的幸福。他知道，这一切都不属于他，只有这黑夜是他的，让他独自承受。黑夜把他毫不留情地淹没，他成了这黑夜的一部分。这个时候，二喜突然害怕回到工地宿舍，怕看到儿子，怕看到儿子那双期盼的眼睛。二喜在一根电线杆旁蹲了下来，点了一支烟，烟头的微光忽闪忽闪，亮得那么软弱，仿佛看到比自己强大千倍万倍的城市灯光，很羞愧，缩头缩脑的。二喜不能让它灭，他似乎有一种担心，那光对他来说，就是他和儿子的眼睛，不能灭，要亮着，二喜猛吸，拉风箱一样的用力。吸完一支，他忙又接上一支，一会儿，他吸了一地的烟头。二喜还不甘心，摸烟盒，没了，二喜只好意犹未尽地站起身来。有个念头如烟头一样，在他心里一亮。他飞快地向工地宿舍跑去。

　　森森看到爸爸满头大汗地跑了进来，很惊诧，还以为发生了什么大事。大伙都看着二喜，懵了，就问，二喜，看你慌慌张张的，发生了什么事？

　　二喜懒得跟他们解释，抓起儿子的手就向外走。森森问，干什么？

　　二喜不说。二喜一口气把儿子拉到马路上。

　　森森更是一头雾水，疑惑地看着爸爸。

　　二喜清了清嗓子，操着不太标准的普通话，响亮地说，下面请欣赏王森同学为大家带来的歌曲，大家欢迎。说完，自顾自地鼓起掌来。森森不懂爸爸的意思,二喜催促着森森,指着马路对面的小区楼,小声说,快唱呀,大家都等着呢!快点,大声地唱!看见那些亮着的窗户了没有,里面都是人,对着那里使劲地唱,他们都听得见!快唱!快唱!森森受了鼓舞,开始唱起来:

大风车吱呀吱哟哟地转,这里的风景呀真好看。

天好看,地好看……

二喜听着儿子响亮的歌声,哈哈大笑起来,引来过路人驻足观看,不明白发生了什么,值得这爷俩在街上鬼嚎。

一首歌还没唱完,值班的巡警就赶到了,不等巡警下车,二喜拽着儿子风似的跑了。

回到宿舍,二喜看看森森,森森看看二喜,爷俩哈哈地笑起来。笑得满脸是泪。

心　锁

监狱长李伟的家,在监狱附近的一个村里。这天,李伟的家里来了一位陌生人。五十多岁的样子。瘦瘦的额头布满了像河流一样的皱纹。他来是租房子的。李伟觉得这个人真有意思,大老远来的,不去城里住,却要在农村租房。

他也许看出了李伟的疑惑,说,俺是从穷山沟里来的,在你们这里租房子比城里便宜多了,俺情愿多跑点路,也要省钱。

李伟知道山里的人过日子节俭,又看他们也是老实人,家里

也有空房，闲着也是闲着，就租给他了。

就这样，老汉住进了李伟家里。这天，老汉起得很早，忙着给车子打气。忽听监狱的大喇叭响起来，老汉连忙停下手中的活，踮着脚朝发出声音的地方望去，墙太高了，他根本看不见，可是他依然固执地看着那个方向，连李伟从屋里出来都没有发觉。

李伟看到他的样子，很奇怪，说，大叔，你看什么呢？

这一喊，老汉回过神来，有些不好意思，脸也红了，像是做了什么不光彩的事，被别人逮了个正着。老汉连忙回应着，没什么，没什么，俺只是好奇。你这是在干什么？是不是要开大会？

李伟哈哈大笑起来，说，大叔，你可真逗！这是监狱的喇叭，到点就响，刚才是起床跑操呢！

老汉问，那里边也训练，和部队一样，肯定很苦吧？

李伟说，不苦，习惯就好了。

老汉问，他们那里有电视吗？

李伟不明白老汉是怎么了，说，什么都有，里面好着呢！政府待他们比我们都好，就是不能出来而已。

老汉点点头，什么也没说，推着他的车子出门了。

老汉在城里一家开锁公司干活，从这里到城里来回三十多里路，他每天骑着自行车早出晚归。

时间长了，李伟和老汉也熟悉了，李伟就劝他找个近点的地方住，这样来回上班也方便，这么大年纪了，也不容易。老汉很倔，说什么也不搬，他说，你不知道，俺就愿意在这守着，守在这儿，俺心里踏实。要不然，俺也不会大老远地跑这儿来租房。

李伟听不懂老汉说的话，又不好再问，就由他去吧！

监狱里最近很忙，忙着接待来探监的亲属。李伟这几天连家也不能回,这天,他在探监大厅里坐着,突然进来一个人,李伟以为看错了,又仔细一瞧,没错,是他。难道他的什么亲戚也在这个监狱里?

轮到他们了,李伟看见一个年轻人在狱警的押解下,在一张椅子上坐下,缓缓地拿起桌上的电话。老汉也拿起话筒,另一只手在隔离玻璃上摸着,仿佛那样能离孩子的脸近些。

年轻人低着头,叫了声,爹。

老汉从椅子上站起来,怜爱地说,儿啊,你要好好改造,争取减刑,早日出来,俺等着你。老汉说完已泣不成声。

李伟明白了,年轻人是他的儿子。这个年轻人刚关进来不久,不好好改造,让狱警们很头疼。李伟决定找年轻人谈一次话。

你老家离这儿有多远?你知道吗?李伟见到他,开门见山地问。

年轻人不明白监狱长怎么突然问这个,说,是啊!这里到我家坐火车要一天一夜呢!

李伟问,你知道你的父亲在干什么吗?

年轻人说,不知道,可能在回家的路上,监狱长有什么事?该交代的我已经都交代过了,请不要去打扰他。他什么都不知道。年轻人显然有些紧张,额头上渗出细细的汗珠。

李伟说,你还不知道吧?你爹在我家里租了房!你爹每天还要骑上一个小时的车,去城里给人配钥匙开锁。他每天都会问我一些关于监狱的事,但没提过你在这里,我今天才知道你是他的儿子。

年轻人很吃惊,哽咽地说,我一定好好改造,积极表现。

从此,年轻人真的像换了一个人,干活也积极起来,李伟还给他加了分。一次李伟问他,你怎么像变了一个人。

年轻人说,我已经给我爹丢了一次脸,这次一定不能再伤他的心了。麻烦你帮我照顾好我爹,我在这里谢谢你了。说着,他站起来,给李伟深深地鞠了一躬。

李伟重重地拍了一下他的肩,会心地笑了笑,说,你好好改造,争取早日出狱,就是对我、对你爹最好的报答。

星期天,李伟休息,老汉正好也不上班。他就邀着老汉一起喝酒。

酒过三巡,老汉的话稠起来,他说,李狱长,你知道俺为啥要在你家住不?

李伟一听来了兴趣,便问为什么。

老汉说,因为俺早打听过了,你是监狱的头儿,俺住在你家里,多少能知道点关于那里面的消息。

李伟瞪大眼睛看着老汉,他没想到,这乡下老头还这么有心机,说,大叔,你既然知道我是头儿,我怎么从来都没听你提过你儿子的事,你是不是想让我帮忙?

老汉大着舌头说,李狱长,你不懂,俺在你家住不是要巴结你,俺只是心里踏实,再说了,俺从来没想过走后门,儿子进去,够丢人的了,俺不能再丢人了。俺儿子还得叫你多费心呢!

李伟发现老汉越来越可爱了,说,大叔,你放心,他现在表现很好,没给政府添麻烦,没给你丢脸。

李伟说完,才发现这爷俩的话居然如此的相似。老汉喝醉了,他拿起酒瓶照地上"啪"的一下,摔碎了。痛心疾首地说,俺开了这么多年的锁,什么样稀奇古怪的锁没见过,咋就没能打开儿子心中的那把锁呢?

人间温暖

一个教学的朋友给我来信说，不想再在那个山区待了，说我在城里认识不少当官的朋友，先帮他跑跑，给他找个合适的工作，他想回来。那个地方真是没法待，晚上没水没电不说，夏天蚊子还特别多，那里的人也不讲卫生，早上根本不刷牙。

看完他的信，我想那地方那么差，也没有什么发展前途，是该回来。我和他女朋友也认识。他的女朋友就来找我，让我帮帮他，他要是再不回来她就跟他分手。

没过多久，我就找熟人跑这件事，有一个要好的朋友办了一个私立学校，他同意了。只要他回来，就可以到他们学校。我听了很高兴，当天就给那个在山区的朋友写信。我告诉他，这边都给他安排好了，就等他回来。可是谁知道，我等来的回信说他不想回来了。我当时很吃惊，这小子的脑子是不是出了啥毛病，他不是整天想回来吗？怎么又不来了。他女朋友也很快知道了这件事情，又来找我，她说他脑子肯定出问题了，让我陪她去一趟山区，去劝他回来。我只好同意了。

不亲自体验真不知道那里的环境恶劣，那天我们下了小中巴车就开始步行，走了三个小时才到那个学校。路很不好走，他女朋友在路上还崴了好几次脚。那里的学校，我们去了才知道，根本算不上什么学校，就是间破瓦房。我看见他的时候几乎不敢认他了,脸不如以前白了,他以前在学校可是有名的奶油小生。头发也乱得鸡窝似的。他女朋友看见他,当场就哭了,我都劝不住。中午我们在那里吃饭,他就让这个学生到家里拿几个鸡蛋,让那个学生去他家地里摘点菜。那里的饭菜我们简直无法用语言形容,连城里讨饭的也比他们吃得好。我问,那边我都给你说好了,你怎么又变卦了呢?

他说,我也是打算走的,可是后来发生了几件事让我改变了主意。有一次我病了,这些孩子们都从家里拿来鸡蛋什么的来看我,有一个学生还把家里的鸡偷抱了出来。还有一个学生,因为他家里没啥好东西,不好意思来见我,等同学都走了,才悄悄地进来,把一个作业本给我。以前我一直批评这个孩子字写得潦草,他就连夜写了一本字给我,我一看确实比以往写得好多了。我当时就感动得流泪了。还有一次下雨,一个女同学她把书包藏在雨衣里来上课。她浑身都淋透了,我看了心疼得难受,可那个女同学高兴坏了,说,她的书没有淋湿。通过这些事情,让我知道什么是温暖,这里的人虽很穷,但他们的心是如此的善良,这里的孩子是如此的天真可爱,人世间还有什么比这更重要的吗?这使我改变了主意,我要把这群孩子教出来再走。

听了他的话,他女朋友就用手在我身后捅我,我明白她的意思。我说,我们就是来看看你的,没别的意思。

这些不经意间的细节把我的心装得很满很温暖,这是人间的温暖,这温暖不仅改变了朋友,也改变了我。在回来的路上,我问他的女朋友,你打算怎么办?她说,我就等他回来。我听了很欣慰,因为这个回答我很满意。

母亲的一只鸟

我五岁那年,母亲去了一个离家三十多里的水泥厂上班。那时候母亲还不会骑自行车,交通也不方便。每天上下班都是由我父亲接送。那之前,我一直没离开过母亲,母亲去上班,我就很不习惯,看着母亲远去,我就在后面紧追不舍。后来母亲就想了个法,母亲快到上班的时间,就让爷爷把我领到一边玩去。我看不到母亲的离去也就不会哭闹了,可是那只管一会儿工夫。过一会儿,我还会哭闹着找妈妈。爷爷见我哭闹,很着急,这时他看见有鸟儿在树上叫,便有了主意,说,不要哭了,我抓一只鸟儿给你玩。我觉得爷爷真能吹牛,鸟儿在天上飞着,你说抓就能抓到吗?爷爷看出我不相信他,说,怎么,你不相信爷爷有这个本事?我点了点头。爷爷生气地说,走,爷爷非给你抓一只鸟不可,让你看看爷爷的本事!

爷爷先领我在村里转了一圈,每家的屋檐和树他都仔细看,爷爷说,屋檐和树洞都是小鸟的藏身之所。终于,在一个屋檐下,我们听到了鸟儿的叫声。爷爷说那是刚出生没多久的雏鸟,飞不高,它在等鸟妈妈来给它们喂食呢!爷爷就找来了木梯,果然在屋檐下掏出来好几只雏鸟,它们的毛还没有长全,好像外面冷,它们浑身都在发抖。爷爷把鸟儿放到一个小铁笼子里,挂在家里院子的树下,说,你等着看,过会儿鸟妈妈就会来给它们喂食。我不相信,半信半疑地问爷爷,鸟妈妈能找到它们吗?爷爷说,能,不论你把雏鸟藏多远的地方,鸟妈妈都能找到它们。

果然没一会儿,天上就飞来几只大鸟。我和爷爷赶紧藏起来。那些大鸟在天上叫了几声后就落到了铁笼子沿上,把嘴里刁着的虫子喂给雏鸟。我想喂完了,大鸟该走了,可是它们还不愿意离去,还在雏鸟的周围叫唤。我听不懂它们叫的什么意思。爷爷说,没事,让它叫吧,它救不走它们的。

母亲下班回来了,我把这件事情告诉了她。我领她去看。母亲看后就让我把雏鸟放了,我不乐意。母亲就亲自把雏鸟放走了。母亲说,你没听见,鸟儿在骂你呢!我想母亲真会骗人呢!后来我又让爷爷给我捉了几回鸟,可每次都让母亲给放走了。有一次母亲对我发火,说,你以后不准再逮鸟儿玩。我又满脸疑惑地看着母亲,问,为什么?母亲说,你长大就会懂了。

二十多年过去了,我也成了一个孩子的父亲。有时候为了工作,不得不暂时和孩子分开。我这才明白,每一个孩子都是一只鸟,不论他到哪里,都走不出父母的牵挂和爱。我也理解了母亲当年为什么要放走那些雏鸟。

目光里的温暖

我刚回到家,周厂长就跑到我家来了,和我商量为职工买辆专车的事。我们这个城市太拥挤,工人骑车和坐公交车,都不太方便。厂里的几个中层干部就跑来和我商量,能不能为职工买一辆专车,接送他们上下班。我一直没有点头,没想到他们竟然蛊惑了厂级领导来我家说,我很生气,当场就把那个周厂长给训了一通,我说,厂是我投资的,不用你们的钱,你们当然不心疼,买不买我自有主张,不用你忽悠我。

周厂长被我训走后,母亲来到了我身边,说,孩子,你们厂的事我管不了,我给你讲个故事,这个故事也是和车有关的。

就这样,母亲给我讲了下面的故事。

在二十世纪七十年代初,母亲到离家很远的一个小镇的水泥厂去上班,那个时候的交通也很不方便,没有公交车,加上母亲又不会骑自行车,到了周末休班,她就只好步行回家。有一次,母亲回家,在半路上,有辆吉普车停在了我母亲跟前,那个时候小轿车还很少,就连摩托车和自行车也很少,能开上吉普车的,用老百姓的话说,就是大人物了。原来是水泥厂的张书记,张书记那天坐车到县城办点事,正巧看到母亲在路上走,就把车停了下来,问母亲干什么去。母亲说回家。张书记忙让母亲上他的车。就这样,张书记把母亲送到村口,才去县城办事。在路上,张书记通过母亲了解到,厂里还有好几个女工人也是步行回家。母亲当时告诉张书记,有几个女工离家很远,有时候路上还不安全。张书记听了后,很久没有说话。母亲当时吓坏了,还以为张书记生气了呢!母亲忙向张书记道歉,说,对不起,张书记,我不应该跟你说这些。张书记叹了口气说,对不起的该是我啊!是我对不起大家,我这个书记做得很不合格啊!

到了下个周末,厂车间主任就下了一个通知,让周末回家的都到厂办公楼去集合。原来,张书记决定周末要用自己的车去送

她们。当时,那些听到这个消息的女工人别提多高兴了。当然人也不太多,毕竟当时厂子的规模还很小,一辆小吉普车里加上司机坐五个人。那时候路不好走,有的就只好把她们送到村口,车没法开进村里,其实送到村口也就等于送到家了。母亲说,那个司机小宋每送一个女工人,都从车里下来,站在村口,要亲眼看着女工人走进村里才放心开车离去。当时,第一个下车的女工人是小李。小李当时是个很漂亮的女孩,刚进厂,小宋下车望着她,大家都以为小宋喜欢上了小李,便都在车里窃笑。母亲还说,小宋,该走了,别恋恋不舍的。谁知道,小宋到下站的时候依然这样。母亲是最后一个下车的。母亲很奇怪地问他,为什么你每次都要望着我们进村才肯上车?

小宋说,这是张书记亲口交代的,要目送每一位女工人进了村里,才可以离开。

母亲听完这话,眼睛当场就湿润了。

母亲感叹说,孩子,你知道吗？当年我们就是活在这种温暖里,这是目光的温暖。这温暖让我感动了一辈子,受用了一辈子。每当我想到这个事,心都不会冷。

我听完母亲讲的故事,久久地沉思,是啊,想想当年的老领导老前辈,今天我们都变得自私自利,我们少了他们身上的一种东西,这个东西就是爱心。我拿起电话,告诉周厂长,买车的事,我们明天开会研究。放下电话,我看到母亲正微笑地看着我。

眺望东方的女人

陈三前院的张涛盖了一座小洋楼,张涛原来住的是一处茅草屋,到城里干了两年建筑队,回家就盖了楼,同时还带回来一个如花似玉的老婆。在陈三眼里,张涛是穷秀才当上驸马爷,一步登天了。张涛逢人便说他老婆是城里人。村里人是不信的,就你这熊样还找城里人,地地道道的城里女人是媚而不妖的。张涛的女人过于妖气,勾人的。在城里打工,有些经验的人都知道,这是长期在风月场工作留下的"职业病"。这年月,大伙儿对这类事也懒得关心和判断。人的感性是很容易战胜理性的,比如张涛的女人爱化妆,还喜欢用一种香水,很特别的香水。还有,她每天早晨都喜欢站在小洋楼上,对着东方眺望。她身上的香水味会飘出很远,让很多人都闻得到。起初,还以为是谁家的花开了呢!有人还寻找那花香的来源。后来还是陈三揭了底儿,那不是花开了,是张涛女人身上的香味。村里有人去过城里,说看到过张涛的女人和一个年龄大的男人逛商场,说不定她的香水就是那个老男人给买的。也有人说,张涛盖楼的钱就是女人给的。

张涛女人身上的香水味最大的好处,就是让陈三不再睡懒觉了。陈三是村里有名的懒虫,太阳不晒到屁股是不起床的。现在张涛女人身上的香味会在太阳刚升起的时候准时钻进陈三的被窝,陈三长长地叹口气,说,真香!陈三的老婆说,你是被那骚狐狸精迷上了吧！这哪里是香,分明是狐狸精散发出来的妖气,专门来勾引男人魂的。

陈三说,你懂个屁,那才是女人味。像你整天身上一股子尿骚味、口臭味!别说勾引男人,连条狗也招不来。

陈三的老婆懒得和他打口水仗,丢一句,你就慢慢闻吧!有本事你趴到身上闻去,便忙别的事去了。

陈三睡意全无,便爬起来,通过破窗户看到张涛的女人站在楼上向东方眺望。陈三发现,每天早晨,这个女人总喜欢向东方眺望。陈三想,东方会有什么好东西,让这个女人如此着迷。他想和张涛的女人说几句话,张涛女人的声音是细的,柔的,让人联想到了白鹅毛。他和张涛的女人是不陌生的。张涛和她结婚那天,他还去喝了喜酒。趁她不注意他还摸了她的屁股,她的屁股小巧而又饱满,瞬间他想到了西瓜。想到了西瓜,陈三的嘴角流出了口水。

起了床,陈三看到,张涛的女人还站在楼上眺望。陈三想去自家院子站站,和张三的女人唠嗑,但陈三从衣镜中发现自己头发潦草,面容狼狈。张三的女人是个爱干净爱打扮的人,陈三想,这个形象出去,肯定让对方恶心。他就洗了把脸,用梳子整理了一下头发,才从屋内走了出来,装出要出门的样子,故意抬头往楼上看了看。碰巧,张涛的女人也低头向他看了一眼,张涛的女人说,三哥,早!

陈三忙把话接过说,你也早,大妹子。陈三故意停顿了一下问,大妹子,我发现你天天早上眺望东方,东方有啥子稀罕的东西把你迷住了?

张涛的女人说,有啊,你上来看看不就知道了。

陈三知道张三的女人在戏弄他,明知他住的瓦房,还让他上去看看。但他还是有些不甘心,心想,小样,你以为我瓦房就上不去了?陈三找来了一把梯子,爬到了瓦房上。

张涛的女人看到一只猴子在爬梯子,就笑了。

陈三的瓦房是老房,瓦片都有些朽了,经不起踩。有一个瓦片被陈三轻而易举地踩破了,陈三的心就痛了下。张涛女人的笑让陈三看到了,陈三骂了句,笑得真骚。但这骚让他很受用,也许这骚让他着了迷,他脚没站稳,一不留神儿从房上滑了下来,重重地摔在地上,幸好院子没铺水泥地,房子也不高。

张涛女人吓坏了,忙下了楼,跑进了陈三家,说,三哥,你没事吧?

陈三蹲在地上,说,放心吧!大妹子,还摔不死我。陈三想起来,但屁股像针扎一样。张涛女人说,三哥,我扶你起来。陈三想拒绝,但看到了一团棉花飘过来,手就不由自主地伸了过去,一把就把棉花捉住了,棉花很柔,很软,还散发着芬芳。他的嘴巴早忘了说话。可他的心早倒在一片棉花地里。张涛女人身上的香也扑天盖地向陈三压了过来,陈三彻底淹没在一片芬芳的棉花地里,陈三的心醉了。陈三握着张涛女人的手哭了。陈三把那双玉手贴在自己脸上,眼泪就情不自禁地流了出来,陈三哭得很纯,很傻,像个受伤的孩子。但后来陈三回忆说,那不是哭,那怎能算哭,那是对生活的感叹。我整天活在鸡腥狗臭的世界,我躺在一片洁白柔软的棉花地,闻到了沉醉的芬芳,能不感叹吗?

后来,陈三常常望着张涛家的楼房发呆,陈三老婆说,陈三的魂让那个狐狸精勾走了。

陈三有一天兴奋地说,我想好了,在家也没多少活路,我也出

去,挣钱回来盖楼房。陈三的老婆瞪大眼睛,惊叹说,太阳从西边出来,我家陈三也知道挣钱盖房子了。

陈三真的去打工了。

陈三再回到家,是三个月以后的一天。他在城里干建筑队,不小心从脚手架上掉了下来,摔得不算重,但也不轻,骨折了。工头还算仁义,给了医疗费,让陈三回家养伤。

在这三个月里,陈三不是一点收获也没有,他知道了张涛女人用的香水是大多数城里女人都用的,他还专门去商场看了一次,他把香水的牌子给忘了,是写满洋字的外国香水。

陈三回到家,张涛的女人来看他。陈三又看到了那团棉花,棉花依然散发着芬芳。陈三让这团棉花刺得眼痛,心也是。陈三向张涛的女人提出了两个问题,一个是城里这么多女人用香水却香气杂乱,让人不悦。乡下就一个女人用香水,大伙都能闻得到,让人激动,让人清醒。这是为什么呢?

张涛的女人说,这就是乡下和城市的不同!也是我喜欢在乡下生活的原因啊!

陈三又问,你告诉我,你天天早上眺望什么?我很想知道。

张涛的女人笑了,说,真晕,这也叫问题,你没发现太阳升起来的时候,云红红的,太阳也红红的,很美吗?

陈三很疑惑,说,真的很美吗?我怎么没发现呢?

张涛的女人说,不信,你就去我家楼顶看看。

陈三点点头,说,我一定去看看。

陈三腿好了,在一天早上,他登上了张涛家的楼房。天气特别好,太阳升起来了,红红的脸儿,红红的衣服。张涛的女人说,你要静下心来看,要心无杂念。

陈三眼睛闭上了，又睁开。他望着东方的太阳，感叹，真是太美了，我活了四十年，咋就没发现太阳这么美。

张涛的女人说，是你的心中充满了杂念，浮躁了，没了一颗发现和观赏美的心。

陈三问张涛的女人，太阳为什么脸儿是红的？衣服也是红的，而不是绿的蓝的，或者别的什么颜色？

张涛的女人说，我以前也想过这个问题，后来我想明白了，太阳早上是去相亲，或者去做一件喜悦的事。你看那红红的云，就知道她的心情是愉快的，不论去做什么，应该是一件和喜悦有关的事。每天早上她的脸都是红的，也在告诫我们，每天都要活得喜悦。

陈三回头看张涛的女人，女人的脸也被太阳照得红红的，充满着欣喜，像个新娘。

陈三的心中有股东西被触动了，他的心很温暖，很幸福。陈三情不自禁地从楼上跳下来，他在瞬间感觉自己飘了起来。

拯　救

我遇到了一件麻烦事，很棘手，便找同学李鲁帮忙。李鲁说，我给你找我们的恩人，让他帮你。

我苦笑着说，你尽挖苦我，我哪有什么恩人啊？

李鲁说，他不是外人，是咱中学朱老师的儿子，他现在是咱市

的……说着,李鲁给我伸出一个大拇指。

我说,不会说是朱新明吧?

李鲁说,还真让你说着了,就是他,咱们很多同学有事儿,都去找过他,都帮了。

朱新明是我们市的市长,知道他很厉害,天天上电视,政绩显赫,听说他很难接触,铁面无私。

李鲁说,你放心,我和他很熟,他这个人,可是最有良心的,一般人他不帮,连自己的亲戚也不帮,但他就给朱老师的学生办事。

我疑惑不解,连亲戚也不帮,为什么帮咱啊!

李鲁说,你忘了,当年我们给他捐过一次款的。

我猛地想起来了,那天朱老师给我们上课,他没有像往常一样讲课,他讲他的儿子,朱老师说他儿子太让他费解,天天跑很远的邻镇去上高中,朱老师让他住校,他不住,说走读生一学期可以省三十元住宿费。朱老师给他钱,让他吃早点。他也不吃,说为了省钱,省那点钱做什么?省那点钱能发财?朱老师像是在问我们,又像在扪心自问。

下午,我们才听说,朱老师的儿子住院了,病得很重,需要动手术,老师都捐了款,当时,朱老师家很困难。第二天,我们班都自发地给朱新明捐了款。

我中学毕业后,没几年,朱老师便病逝了。那一刻,我真的感到了苍天是不长眼睛的,这么好的一个人,朱老师毕竟还不到五十啊!没想到,朱老师的儿子当上了我们市的市长。这一刻,我又感到苍天是在为自己的过错赎罪,朱老师九泉之下也该欣慰了。

我和李鲁如约来到朱新明家。看到他的那一瞬间,我真的怀疑是朱老师复生,他和朱老师长得太像了,朱老师的温和善良也一定遗传到了他身上。他很热情地接待了我们。聊天中,他告诉我,当年他家生活非常拮据,亲戚都发善心,来帮他们。当年若不是我们捐款,恐怕就没今天的他。朱新明从屋里拿来一个本子,我又一次看到了朱老师那漂亮的小楷,上面密密麻麻地记了很多东西。朱新明说,这上面是你们为我捐的款,我爸都记下来了,我爸活着的时候,让我永远记住这些人,将来要报答人家。

我仔细看了一下那个名单,心里让一种什么东西震撼着。

朱新明说,你们有个同学叫周全伟的,他在乡镇干了几年了,还是个副镇长,我一来到本市,立马把他提到市里当局长去了。还有几个同学,我都帮他们提了干。

我心里颤了一下,还是有人好办事啊!但我突然感觉有一种黑洞洞的网在网他们,让他们一个个往网里钻。

朱新明说,你有什么难处,尽管说,我会尽力的。

我思绪良久说,新明,我求你一件事,你一定得答应我。

朱新明说,好,只要我能办到的,一定办。我说,好,你把朱老师那个本子给我。

朱新明疑惑不解地看着我,说,你要这个本子做什么?

我说,我要再拯救你一次,上次我们可以救你,这次如果晚了,谁也救不了你了,恩人有时候一不小心也会害了你啊!我也不想看到大家往网里钻,这是天网啊!兄弟。

朱新明是聪明人,很快明白了我的意思,但他又好像没想透,他把本子给我,喃喃自语,我报答大家对我的恩情,我错了吗?

我说,你没错,我也没错,有些事是很难用对和错说清的。

朱新明点了点头。

我和李鲁从朱新明家出来。在路上,我对李鲁说,以后别让同学们来麻烦新明了,我们不能把救了的人再害了啊!这样我们会对不起朱老师的。

李鲁点了点头说,好吧,听你的。我把那个本子撕得粉碎,我朝着夜空喊道,朱老师!我们又救了新明一次。

家　园

父亲辛苦了大半辈子,终于攒足了钱,决定盖一座小洋楼。当然,我们村大都盖起了小洋楼,对村人而言,不再是什么稀罕事,但对辛苦大半辈子的我们来说,仍是激动和兴奋的事情。

这天,父亲早早地起来,赶了个早集,买了很多的菜,做了满满一桌美味佳肴,请来了镇上最好的建筑队,为我们设计房子,这天我们的心情如三月的阳光一样,被春天的温暖装得满满当当。父亲更是一股挥手告别旧社会,走进新时代的样子,盖房子只是我们走进幸福生活的一道门槛,以后的喜事连连会让我们应接不暇。酒桌上,父亲不停地和施工头碰杯子,他不停地说着有劳各位、拜托大家、辛苦各位师父的话,那姿态如开一场重要的会议,做个重大的宣言。

酒足饭饱后,施工头认真测量了我们家的面积,然后笑呵呵地说,你们现在住的这个屋子太小了,以后盖上小洋楼,就大多了,我再让城里设计院的设计师给你们做最好的设计,给你们装修好,那感觉就像住进了城里的宾馆,美哉美哉!

父亲听到这话,眉头一下子舒展开了,眼里放着光亮。我知道,现在他眼里已经有一座美丽的小洋楼呈现在他面前。

施工头看了看院子,说,现在要把院子里的鸡窝、狗窝、羊窝,还有院子里的树,都要该拆的拆掉,砍的砍掉,清理干净,等小洋楼盖起来,院子就没现在这么大了。然后施工头问我们,你们打算自己拆,还是我们拆?父亲停顿了下,说我们自己拆!反正我也没事,闲也是闲着。施工头说,那好,你们拆吧!拆除后把院子清理干净给我打电话就是。

施工头走后,我们开始清理院子。我问父亲,先拆哪个?父亲呆呆地望院子的每个角落,说,先拆鸡窝吧!我们就动手拆鸡窝,那些鸡看到我们拿着家伙,磨刀霍霍的样子,吓得在院子乱跑起来。有个小母鸡正在下蛋,看到我走进它,连蛋也不敢下了,起身就跑。鸡发出咯咯的叫声。父亲叹了口气,说,是我们打扰了它们,它们抗议呢!我说,还敢抗议,一会儿我就杀了它们。

父亲说,先不拆鸡窝,拆狗窝。

我们就拿家伙朝狗窝走去。狗们岂是好欺负的,看我过来,就没命地叫,狗窝里还有两个小狗仔,看到我就往母狗怀里藏。

父亲看到这情形,说,先不拆狗窝,拆羊窝。

最后,我们发现什么窝也不好拆,羊很老实,它看我们拆不反抗不抵抗,但它眼睛有着人们难以捕捉的伤感,像是在说,我得罪你们了吗?为什么要拆我们的家。砍树,树上有一个鸟窝,我们一砍,树就摇晃一下,惊动了鸟,鸟就飞到屋檐上,叽叽喳喳地叫。我心烦地从地上捡起一个土块,向鸟抛去。

父亲问,你干什么?

我说，这个是我们的家，由不得它们在这里放肆。

父亲笑了，说，你这句话对人说还可以，对它们说，怕行不通。

我说，是它们不懂人话？

父亲说，不是，你说这个是家，其实也是它们的家。在这个世界上，一切都是大家的，凭什么说就是你的，不是它们的。

我傻笑着，懵懂地看着父亲。

父亲说，不拆了，要不拆都不拆了吧，免得给它们留下话柄骂我们。

父亲的话把我吓了一跳，不拆？房子不盖了？

父亲放下手中的家伙，然后找个板凳坐下，叹了口气说，我们马上要住小洋楼了，要有新家了，而它们的家却没了。它们也需要个家啊！它们要求不高，有个窝，它们就感觉有家了，有了家，它们才安安心心地给你下蛋，给你看家护院。

我说，它们不会说。

父亲说，它们不会说，我们要替它们想着，比如你，我和你娘把你生下来，我要把你养大，管你的衣食住行，还要让你上学，给你盖房子，让你成家立业。你不说，我也要为你想，就是这个理儿，它们不会说，我们也要替它们想。

晚上，我和父亲买了两条好烟，给村主任送了过去，他给我们划了一块地基。

小洋楼盖好后，父亲看着新楼，说，真大啊！

我笑父亲，没见过世面，听说很多明星、歌星、大老板的豪宅大得很，有的院子像广场，半天走不过来。

父亲听了我的话，愣了愣说，罪孽啊！那么小的身躯，要那么大的地方干什么，给别人一点吧！自己少一点，别人就会多一点。

我让父亲搬过去一起住。父亲摇摇头说，你自己住那里吧。

父亲说他离不开那些鸡狗羊的，它们也需要人陪，没人陪，它们也会孤独的。

我看着父亲，感觉他像个哲人，需要我用一生去解读。

远方的地震

他是第一时间知道远方的一座城市遭遇地震的。

那天在QQ上，他和远方的一个朋友聊天。突然，那边中断了信息。起初，他还以为是那边死机了呢！很快那边的朋友给他发来了手机短信，告诉他，他们那里发生了地震，那里已停电了。他想了解更多的信息，就把电话打过去，信号无法接通。很快，各大网站就爆出新闻，说朋友的城市遭遇特大地震，许多房屋都已经倒塌，伤亡人数尚不清楚。

他对地震的记忆是痛苦的。那时他还是个学生，确切地说，是个小学生，那一年他才九岁。父亲是个乡村教师，碰巧，那天下午没课，打算和母亲一起去地里锄草。因为他裤子破了，母亲就让父亲先去，等把他的裤子缝补好了再去。就这样，父亲先走了，记得那天母亲还给他讲了一个故事，是牛郎织女的故事。后来他听到这个故事的时候，常常泪流满面。因为他想起了母亲，想起了母亲，他就痛恨自己，也许那天自己的裤子不在上体育课划破，他母亲就不会在那次地震中遇难，要是母亲和父亲一起去地里锄

草,也就不会发生后来的悲剧,那天母亲给他缝补完裤子,说自己有点小困,想回屋小睡一会儿再下地。那天他还和母亲开玩笑,你让我爸一人在地里挨晒啊。母亲说,不会的,我了解你爸,你爸也有小睡的习惯,现在他肯定在地旁那个老柳树下打盹呢。

他那天从家出来,很散漫地在街上走着,下午第一堂课是音乐课,他不太喜欢音乐课,自然也不喜欢那个音乐老师。

他就有点逃避的意思,考试也不考音乐,所以他也不在乎。他突然想起,母亲说父亲在地旁打盹,那块有柳树的地他是知道的,离他家并不远,他想验证下母亲的话,看看父亲是不是真的在打盹。他就漫不经心地走了过去,真的发现父亲在地头那个柳树下打盹儿。突然间,他感觉脚下的地在摇摆,他吓坏了,拼命地向父亲奔跑过去。父亲也在摇晃中惊醒,看到了他,说,你怎么来了?父亲马上意识到,这是地震。不好,快回家,你妈还在家里。这个时候,更剧烈的震动开始了。他们站不住脚,父亲搂着他蹲下来,村庄里的房子像经历一次大爆破,瞬间全部倒塌,他被突如其来的景象吓呆了。

当他醒来的时候,发现自己躺在一张床上。父亲告诉他,他已昏迷了两天,常常说梦话。医生说是吓的。后来他才知道,这次地震死了很多人,他的老师和同学,还有他的母亲,都在这次地震中遇难。他在以后的日子,常常在母亲的坟前发呆,独自流泪。

他常常想,假若自己那天裤子不划破,母亲就会和父亲一起去地里锄草,和父亲一起去锄草就会躲过这次劫难。如果是这样,那天遇难的也许会是他,不是母亲。这样想,他就认为,母亲不该死,该死的是他,是母亲替他死的,是母亲的命换了他的命。深深的负罪感在他心里扎根并疯长。

以后的日子里,父亲也和他一样,父亲会看着母亲的遗像喝闷酒,然后独自叹息落泪。村里很多人劝父亲给孩子找个后妈,他都委婉谢绝。他知道,母亲对父亲而言,就是另一半生命,再好的女人也代替不了母亲。

后来,他考上大学,毕业后来到这个很好的单位,父亲也退休了。他就把父亲接进城里,但那次地震给他和父亲留下的痛苦已深入内心。

这么多年来,他极力摆脱地震留下的阴影。在生活中,他不愿意和父亲谈与地震有关的话题。至少他认为,那是把过去的悲伤、过去的痛苦追回,但常常在梦中,痛苦的记忆又会追上他。他面对过去的灾难,他已选择坚强,他唯一担心的是父亲。这么多年来,他不敢询问父亲对那场灾难的记忆。这个时候他想到了父亲,还好,他知道父亲不看报纸。但父亲看电视,他一定要阻挡父亲知道这个事,今天的新闻一定会放那个城市地震的消息,一定不能让父亲知道这件事。

这天下班,他早早地回到家,恶作剧般的从音像店租了许多父亲喜欢看的片子,回到家偷偷把有线电视插头拔掉,欺骗说,这几天有线电视搞线路维修,我怕你寂寞,找了许多光盘你自己放着看。他看到父亲没有表现出任何的怀疑,才放心了,心中不免为自己的阴谋得逞而得意。

连续几天,家中一切风平浪静。单位里忙着给灾区捐款捐物。这天下班回家,他发现家里没有人,起初,他还以为父亲出去散步呢!可是他发现电脑桌上,父亲给他留下了一封信,才知道父亲走了,去了那个城市,那个让全国人民牵肠挂肚的地震灾区。父亲在信中说:

儿子：

你把有线电视插头拔掉了，是我听到邻居家电视在放新闻，我才知道的，我一直疑惑不解，是什么动机让你把有线电视拔掉的。你最近的异常我也看出来了，看了新闻，我才知道你的用心，你是不想让我知道和地震有关的任何信息，怕我回忆那场灾难。你不知道，多年来我已选择了坚强，要知道有伤疤的地方也是最坚硬的地方，我多年来一字不提当年的那场灾难，是怕你想念你的母亲，怕勾起你的痛苦。这几天，不知为什么，你母亲的音容笑貌老在我的脑海中盘旋。我老感觉我要完成一个使命，你不要小看你父亲这么大年纪，我搬运个水泥什么的比你还有劲。放心，我想了多日，我要到那个城市去，为灾民做些力所能及的事！不要为我担心，不要为我牵挂……

看完信，他双手插在头发里，眼里悄然落泪。他在内心里告诉父亲，我们都选择了坚强，但我们都没说。数天后，他在电视新闻里看到一个熟悉的身影在志愿救灾的队伍中。他在心中说了句，父亲加油！

鱼　头

　　这个月,女人的"朋友"没来,女人是过来人,知道是怎么回事了,心里就一阵窃喜。想自己要是长了翅膀该有多好呀,她要把这个好消息告诉男人。男人在外面跑运输,一个月也难得见上几次,好不容易见了面,男人也不问问家里的情况,问问自己在家累不累,来了就想要女人。那是男人对自己的爱,男人要自己,自己就给男人。那时,女人才明白给予也是一种幸福。男人每次回来就把挣来的钞票给女人。给女人钱的时候,男人掏得很干净很认真,把口袋上上下下都掏了个遍,生怕落了一毛钱似的。女人见男人这样,就娇笑着说,好了,好了,给自己留点儿吧。男人听了就说,要完了人家,哪有不给钱的道理呀!女人的小拳头如雨点打在男人身上,边打边说,坏死你了,坏死你了。这时,男人感觉像吃了蜜,因为拳头打得很轻很柔。男人明白,知道那是女人的爱呀!女人常听人说,在外面跑的男人,都爱把钱藏起来,在外面找"野花"。女人不信,至少自己的男人不是那样的人。

　　女人拿着男人的钱,从来没乱花过,女人知道,每张钞票上都有男人的血汗。女人就把钱小心地藏好。有时女人真想把钱藏到整个世界都找不到的地方。女人走到日历前看了看,今天是个集儿。平日女人是舍不得赶集的。男人说,我不在家,你也不要太委屈自己,鸡鱼肉蛋的该吃的吃,该买的买,我挣钱是为了谁?

还不是为了你和孩子呀！听男人这样说，女人感动得真想哭。女人就觉得自己是世上最幸福的女人。女人就对男人说，你这句话比什么都香，都甜呢！

　　女人决定今天去赶个集儿。买条鱼来。女人明白，现在不是自己吃了，是两个人吃了！集市离女人家不远，今天又摊上女人的好心情。女人就觉得路太近了，没几步就到了。女人感觉今天不是走着来的，是踩着一朵云来的，浑身上下轻飘飘的。集市上人很多，很拥挤，女人走进去，很小心，怕别人碰了自己，仿佛自己怀中藏了个宝贝，一不小心就会掉下来。女人今天连讨价还价的心情也没有，像中了头彩，心情喜悦，手头阔气。平日儿买一点东西，女人也要同菜贩子讨半天价。自己庄上的人也来了不少。见女人在买鱼，便说，来庆家的，今天有什么喜事呀？女人在庄上会过日子是出了名的。大伙儿这样一问，女人就只有笑的份儿了，总不能对人家说俺那个了吧。女人笑得脸儿像朵花。女人一摸脸儿，很烫。女人没照镜子，就知道脸儿红了。

　　女人回到家，才想起来，孩子快放学了，要回家吃饭了。女人干活儿很利落，很快便把饭做好。鱼的香味儿很快就把屋子装满了。女人流口水了，想吃一口，可女人想到了儿子。想到了儿子，女人的心就甜甜的，儿子以后不寂寞了，有个弟弟或者妹妹，儿子又多了一门亲戚。看到鱼，女人就想到了儿子吃鱼的情景。以前一家人坐在饭桌前，儿子总不吃鱼，让爸爸妈妈吃。男人说，爸爸不喜欢吃鱼，只爱吃鱼头。女人说，妈妈也是。这样一说，孩子真信了。女人就与男人相视而笑。女人想，孩子哪里知道父母为什么喜欢吃鱼头呢！如果知道了，那一天孩子就真长大了！孩子认真地把鱼头都给了她。女人想，养孩子图啥，有时候就是图一块鱼啊!

孩子回到家,像猫鼻子似的一闻,就说,妈,今天家里一定有好吃的。女人说,有鱼呢,快洗洗手吃饭吧。孩子一听,欢天喜地地去洗手。

饭桌上,女人痴痴地看孩子吃鱼。女人想,看孩子吃鱼也是一种享受。女人边看边说,小心鱼刺儿,慢点吃。这时从门口蹿过来一只猫,猫儿也闻着腥味儿,一下子就跳到了饭桌上。女人赶紧过来把猫儿推了下去。儿子把鱼头扔给了小猫。女人被儿子的举动惊住了。女人心里好像有个东西轻而易举地被击碎了。女人能听到破碎的声音。女人的心像被刀扎了一下,很疼。

女人操起笤帚就狠狠地打猫,边打边说,你这个馋嘴的畜生,你这个馋嘴的畜生……

一个人的土路

黄家寨是离镇上比较偏僻的一个村,离县城就更不用说了。黄家寨像镇这个棋盘上丢弃的一个棋子,没人关心黄家寨,外边也极少被人提及。这并不是说这个村子就不存在了。麻雀再小,五脏六腑也是健全的。黄家寨政府机构是完整的,村主任,会计,副主任,还有各个小组长,一个都不少。但这些官员是个摆设,很少发挥作用,黄家寨一直像自生自灭的自然村。但这次不知为何,镇上想到了黄家寨,给黄家寨一笔款子,修路。这让村里人兴

奋了一阵子儿,终于感觉到了皇恩浩荡。家家户户争当义工,一车车水泥和沙从外面运来。黄家寨人把村以外的地方都称之为"外面"。这个"外面"在他们眼里可大可小。

　　黄家寨的路是个"非"字形的。中间是一条竖的大路,左右两边各三条小路。可黄家寨的人弄不明白,最后一横不修了。村主任说,镇上财政有些紧张,没钱了,等手头宽裕再继续修。黄家寨人想不通,就差那一点?后来,听人说,其实镇上把钱给村里了,村主任几个家伙把最后那一横的钱贪了。这些事黄家寨人也懒得追究,里面的猫腻不是他们能想象到的。但不要以为他们什么都不懂,黄家寨人心里亮堂得很,电视媒体扑面而来,整天播放着反腐倡廉的电视剧和新闻,黄家寨人好像很理解当官的,当官的也是人,要么做些好事,要么做些坏事。所以,村主任说修路没钱的时候,大伙儿就笑了,那分明是一种嘲笑,骗谁呢?谁不知道你心里那点小九九。但终归有些遗憾是真的,像有人送黄家寨人一身西服,结果,西服上有个洞,美中不足,不够圆满。

　　黄家寨人在忙忙碌碌地修路的时候,只有老嘎不热心,也不关心。老嘎大是一位孤寡老人,一辈子没结婚。老嘎大是他的外号,他大名叫张仓,这个外号怎么来的,我们就不知道了,且也不去想这无趣的事。恰恰老嘎大就住在那一横上。那条街没修,村主任很内疚不安的样子,去老嘎大那里说些歉意的话。本来村主任是不需要去的,他是这里的最高长官,在他眼里,北京是中国的中心,他家就是黄家寨的中心,他自然就是黄家寨人的中心,如果黄家寨有电视台,他这个村主任每天去谁家指导工作,去谁家劝架调解,去谁家喝酒,不都要天天上电视。当然,他只是这样想想玩儿,他要是对黄家寨人说出来,黄家寨人还不把他骂得狗血淋头。他去老嘎大家作个样子,老嘎大毕竟是他叔,和他爸共个奶奶。

村主任给老嘎大敬上一支烟,说,老叔,你看看,这事多不圆满。我还给镇长说,就一条小路了,再修好不好?镇长说真没钱了呢!老叔,我当时就和镇长吵了一架。

老嘎大就傻傻地笑了。

村主任看着老嘎大笑,他搞不清老嘎大的意思儿,觉得老嘎大笑得深不可测。

他怎么明白,老嘎大是自个儿给自个儿笑的。他就这样,好事儿他就点头傻笑,坏事儿就摇头苦笑,说不上好事和坏事他也莫名其妙地微笑,从来没人见老嘎大苦恼过,愁眉苦脸过,村里人背后也叫他"笑老头"。

老嘎大拍了一下村主任的肩膀,说了句,俺明白,大侄子。没事没事,回去吧。

村主任悬着的心这才落下,笑呵呵离开了老嘎大家。在路上他狠狠骂了句,老东西,还不死哩!

说也奇怪了,这一条街上就老嘎大一家,那几户都紧锁大门,到大城市里打工去了。这街上的路修不修基本没有什么意义,没人走了。在老嘎大看来,路是要常常走的,不走路就寂寞了。路寂寞了,就在路面上生出了草,让草陪它说话,草紧贴路面,草和路在窃窃私语。修路只是给路穿上了一层水泥和沙石做的盔甲,让路不舒服起来。

以往,老嘎大早上起来,都要溜达,身子老了,经不起跑了,连慢跑也经不起,骨头朽了,不能用得太猛,太快,太剧烈,只能慢慢地运动。老嘎大不乱走,他每次都走得很有规律,把村庄这个

"非"字路走一遍,然后,就原路回去,可以说,村里每一条路都成了老嘎大的朋友。他的心事自己不动嘴说,路也会知道,路根据老嘎大走路时脚的力度,节奏的快慢,就知道他今天心情的好坏。老嘎大就这样用脚和路交流。老嘎大长年累月穿一双黑布鞋。黑布鞋柔软,不硌脚。有次老嘎大赶集去,在路上捡到一双皮鞋,好好的,崭新的。鞋很黑,很亮。老嘎大明白了,肯定是人家赶集买的,还没穿过。老嘎大就在那儿等,等人回来找,半响,连个找鞋的人影也没见着。老嘎大就把皮鞋拿回家,穿上试试,正好,这鞋和他有缘呢。老嘎大得意地穿了一天,晚上发现脚硌了个泡儿,没穿皮鞋的命哩,捡了也不是自己的。老嘎大叹了口气,就偷偷地把皮鞋放回路边,让有缘的人穿去吧!

　　修了路,最得意的是村里那些小媳妇们,她们突然变勤快了,自己门前的路,都爱惜得和自家院子一样,有的还拿扫帚来扫扫。她们感叹,水泥路是多么平,多么干净啊!人在路面上睡个觉也不脏呢!有的小媳妇就把刚会走的宝宝放出来练脚,岂知道,这正是她们的粗心大意,宝宝走几步,一个不小心,就摔倒了,脑门直直地朝路面撞去,头马上起了个大疙瘩,重了还摔个头破血流。吓得马上去小诊所包扎。爷爷奶奶们看到先是心疼心肝宝贝,用脚狠狠地跺水泥路,口中还骂,路一下子成了罪人,急了婆婆就骂儿媳看管孩子不严,说,你也太大意了,光知道路平,就忘了这路硬。万一把孩子摔傻了,看你不后悔死。

　　小媳妇们委屈地回屋子里,用被子盖上头哭,那也是小声地哭,或无声地哭。等丈夫回来,把怨气发泄到丈夫身上也就是了。有的丈夫脾气倔的,小媳妇们就不吭声,只好把委屈装肚子,慢慢消化掉。但有的小媳妇心眼儿小的,早晚会把这口气出了,给公婆盛饭,偷偷地往他们碗中多放一点盐儿。婆婆还以为今天做饭放多了盐,但抬头看儿媳,她吃得很香,也就没声张。小媳妇心里一阵乐儿,心思,终于把仇报了。小媳妇的心情这一天都出奇得好。

黄家寨人有个重大发现,老嘎大不走修好的路。以往,每天早上,只要不刮风下雨,老嘎大都要出来溜达,现在怎不见了老嘎大,有人不放心,就去老嘎大家看看他。见他和以往一样,双手背在身后,弓着腰低着头,像在地上找钱。在剩下的那一条土路上来回走着,毛驴一样,从南走到北,从北走到南。就那么一点路儿,不到百米。来人就问,老嘎大,干什么呢?

老嘎大站住,抬头看来人,笑了,说,我溜达溜达啊!

来人说,老嘎大,路修好了,为什么不去水泥路上走走呢!

老嘎大说,那路硬,是皮鞋走的路,我这布鞋走不惯。又笑了笑说,我这布鞋万一磨露了脚,谁给我补啊?

来人说,老嘎大,那你该后悔了。为啥不找个老婆?给你生儿育女,做饭补衣!

这个是老嘎大的心痛,是一个人一辈子的缺口,有了这个缺口,一辈子像什么也存贮不住了,全漏了。为什么结婚叫圆房?老嘎大看来,旧时,人的智慧足够聪明,用词讲究,含义之深,圆房就是把人生那个缺口补了,一切就圆满了。老嘎大的脸就扭了一下,瞬间的,不易察觉的,又极快地扭了回来,他说,谁说不是呢!你多有福,老婆孩子都有,连放屁都有一个做伴的。

来人说,老嘎大,你要多出来走走啊,你是咱大伙儿的牵挂呢!看到你,我们才放心!

老嘎大说,行啊!我明白了,你回去吧!

来人就知趣地走了。

大伙儿知道老嘎大还好,就放了心。

老嘎大不走水泥路,也出来溜达,只是路线变了,他去菜园子,去地头看看,在地头,他看到,一只蚂蚁在拖另一只死蚂蚁,想,蚂蚁死了还有送葬的,等我老了,谁给我送葬呢?这样一想,他心中就不免伤感起来。

这天,老嘎大在菜园子种菜,从远处跑来一个人,边跑边喊,老叔,老叔。人是跑过来的,声音也是跑着过来的,只是声音比人的腿跑得快了些,快一步钻进了老嘎大耳朵里。老嘎大缓缓地站起身来,向来人望去,是村主任。

村主任跑到老嘎大跟前,说,叔,叔。我娘摔倒了。

老嘎大的眼睛一下子睁大了,问,怎么摔倒的?

村主任说,我娘出来溜达,她觉得路修好了,路平,没用拐杖。就摔倒了,好厉害,躺床上呢!我拉她去医院,她倔,说啥子也不去,就让我来喊你。

老嘎大放下手里的活,说,还愣啥啊?快走吧!

村主任走在前面,像是让老嘎大在后面赶着的绵羊。

村主任的娘,老嘎大的老嫂子。说是老嫂子,也不比老嘎大大,可能还小了点,他是随哥哥叫的。老嘎大走在后面,村主任这孩子像极了他故去的爹,说话像,走路也像。看着村主任,感觉哥哥又回来了,一切的记忆在此刻如同种下的土豆,已经悄然出土,露出芽儿。那时,老嘎大还是意气风发,风度翩翩的小伙子。这天凑巧他在家,大娘过来喊他,说,仓!有人给你哥说了门亲,他啊,害羞得跟个小妮子似的。自个儿不好意思去,非让我来喊你,仓,陪你哥去一趟吧!

老嘎大就嬉皮笑脸地答应着。

他就这样和哥上路了，见面的地方是姑娘家里。见到她，他非常震惊，是她，怎么是她！怎么会是她呢？这个姑娘他认识。老嘎大在镇上卖鸡蛋，他家里养了鸡，那些鸡勤快得很，老嘎大用不了几天就去镇上卖鸡蛋。姑娘那时跟母亲在集市卖菜煎饼，就常常买老嘎大的鸡蛋，熟悉了，再熟悉后，老嘎大心里便感觉装了个鸡蛋，是个煮熟的鸡蛋在他心里滚来滚去。常常把老嘎大的心滚得很热，很烫。他对姑娘有了意儿，老嘎大就想了个妙法儿，让姑娘知道他热烫的心儿，就用铅笔在几个鸡蛋上画了一颗颗心，希望她能明白他的意。是姑娘没看到，还是看到故意不说，还是姑娘愚钝，不知其意。后来就没信儿了。

今儿个没想到，在这相见，真不是地方，也不是时候。姑娘的妈很热情，看到老嘎大，满脸喜悦，说，这个小伙子是不是常常到镇上卖鸡蛋的？

哥忙接过话，说，他是我一个奶奶的弟弟，叔家的。

在这一天，或许在很多人看来，是很平常的一天，但对于张仓来说，这一天是多么重要，他都不知道怎样回的家。他心中的那个鸡蛋，一只滚烫的鸡蛋，在这一天碎了，掉在了地上。张仓听到了鸡蛋破碎的声音。后来，张仓就病了，在来路不明的病中，他等来了哥哥的喜事。这个他心里喜欢的花，一朵还没开放的花，就让人轻易地摘走了，连根拔起，拔走自己心中花的竟然还是自己的哥哥。那天老嘎大喝得大醉。就这样，在今后的日子里，他拒绝别人给自个儿介绍老婆。他日复一日，年复一年，他看着嫂子由一个姑娘变成了少妇，由少妇又慢慢变成了中年妇女，又渐渐走进老年。整个过程都在他眼皮底下变化着。老了，她老了，他也老了，连同他心底的秘密一起一天天老去。

到家了，村主任的老婆，在院子里哭泣，也把老嘎大从那遥远的回忆中拉了回来。老嫂子躺在床上，在等他，这一小会儿，对她而言，像等了很久。她知道生命将到尽头，多少歉意，多少难言之隐，对于一个快要走的人，都算不得什么了，都可以放弃。他来了，他坐在了她床前，儿子们都出去了，就剩下两个人。他说，老嫂子，老嫂子。他的话有些堵，话跑出半路像让人抢跑了。

老嫂子说，兄弟，你不要说了。我要走了，真的，要去你哥那了。以后孩子们有什么不是，你多谅解他们啊！

他一下子把话又抢了回来，说，老嫂子，不要这样说啊！你才多大岁数？比我还小呢！你还有活头。你正是享福的时候。

她说，可我欺骗不了自己，我知道的。人可以骗自个的嘴儿，可骗不了心。她停顿了下，又说，兄弟，这么多年，苦了你了。她从枕头边拿出一只鸡蛋，交给他手里，说，兄弟，我欠你这么多年，今天还了，还了。他看了看鸡蛋，上面画了个鲜红的桃心。五十年了，半个世纪了，就为了这一颗心，一颗心啊！

明了了，一切都明了了。收不住了，一切都收不住了，泪水澎湃而来。多年来，他用微笑的锁锁上心中的痛，今天，这时，锁砸碎了，悲伤伴随泪水呼啸而来，这对他来说，此时此刻，真算是风雨交加了。

他手里握着鸡蛋，两条腿拖着走出了老嫂子家。

老嫂子这天晚上走了。

镇上来了很多人，都是镇政府的，来给老太太吊孝，给村主任长面子。有了这么大的面子，村主任脸上的伤心似乎就少了许多。

忙完了丧事，村主任突然召集了人，说，镇上又给钱了，把剩下的一条路修了。村里人都来修这么一段路，很快就修完了。

黄家寨人发现，老嘎大从此不溜达了，就在自家门口蹲着，有时候手上拿着一片梧桐树叶，上面一只蚂蚁在匆忙地爬，老嘎大心里叹，还是蚂蚁好啊！一片树叶，对蚂蚁来说，这世界就足够大了。

漫天黄花

一

我写你的时候，你已经离开这个世界了。其实，我不认识你，更没有见过你。我是一名民俗爱好者，在一次旅行中，认识了他。他，你的后人。他说你是他父亲。他在一张过期的身份证里知道了你是黄家寨村人。他告诉我，他以前不知道自己的根。在他记忆中，他生下来就住在大城市租来的破旧的房子里。这是他对家最初的印象。他说你在那个城市出卖着低廉的劳动力。他告诉我，他记事的时候，曾经问你，你们的家在什么地方？

你说，这个不就是我们的家吗？

他说，不是这个家，是老家。听说我们老家在一个遥远的农村。

你说，放屁！谁告诉你的？谁说我们的家在农村？这个地方

就是我们的家。以后我们的家还会有一个很大的房子。以后不准提农村,你就是这个大城市的孩子,知道吗?那个该死的地方,那个该死的地方,绝不允许你再提!那一天的你,超乎寻常的冲动、愤怒。

你儿子说,你可以告诉他全世界和这座城市有关的事儿,好像这个城市的事儿你全知道。你是多么爱这个城市啊!好像你在这个城市的存在比任何人都重要,像个市长。你向来勤俭节约,那天家里突然像过年一样,买鸡买鱼的,还买了蛋糕。他百思不得其解,谁过生日呢?

你说,猜猜。

他说,妈妈。

你摇头。

他说,我的生日我知道。肯定是妈妈。

你说,都错了,看来是猜不到了,我知道你们不会猜到。那就由我来告诉你们吧,今天是我们市长的生日。

他好迷惑,市长过生日和你有什么关系?你不过是个普普通通的老百姓,市长的生日你怎么会知道?

你说,孩子,你要爱这个城市,你是城市里的一员。市长是我们的"父母官",是这个城市的皇帝。他老人家日理万机,多忙啊!市长,不,我们的皇帝,肯定把自己的生日忘记了。我们没机会见市长,我们就在家里祝福他,祝福他老人家身体健康。至于我怎么知道市长生日的,很简单,我看报纸,看到过我们市长的简历。你以后也要多看报纸,要知道我们市每天发生的事,这样才是合格的老百姓,不,是合格的市民。

他问你,市民和老百姓这两个词还有本质区别吗?

你说，当然有，种地的农民才是老百姓，我们是这个城市的人，城市的人可以称作市民。

你想让他成为真正的城市人。这是你最伟大的梦想。他告诉我，当时，你还喜欢往家里带流行休闲杂志，说，这个是城市人的生活方向。你要跟上这个方向。你有时候还给老婆买一些花花绿绿的性感内衣和乳罩。有意让你看到，你还说，儿子，怎么样？你母亲就是城里人。只有城里女人才这样穿，只有城里女人才有资格这样穿。

那天，他母亲穿着性感的衣服，有些害羞，又有些生气，不知道这个老不正经的，为什么让她穿这样的东西，在她看来，只有那些不正经路上的女人才会穿这样的内衣。觉得自己男人有些变态，但她内心深处不知道怎么还有一点甜丝丝的东西，她说，那是一种玉米秆子的味道。她偷偷地问你，你怎么知道城市的女人穿这样的内衣？

你说，我去人家家里搞装修，发现城里人家凉台上晒的内衣都是这样的。

她说，穿上这样的内衣就是城里人了？羊再披狼皮，骨子里还是个吃草的角色。天注定，你这一辈子就是羊。

你当时感觉头很痛，你抱着头愤怒地说，我就是要把羊变成狼，难道不行吗？

他说，你做梦都想做个城里人。他在外面，谁说他父亲是个农民，你回来就一脸不悦，回来喝闷酒。后来想明白了，自己是农民就农民吧！让儿子成为一名合格的城市人，是你的理想。你不允许他去农民工家庭找他同学。你对他同学的身份是很看重的，让他多交城里的同学。你看到城里人的孩子穿什么衣服，就是三天不吃饭,也要让他穿上。

一次,他和你在街上走着,对面来了一位外乡人。外乡人看到他们父子,就停下脚步,说,这位大哥像是黄家寨人。

你听后满脸愤怒,他看到你的脸像钢筋一样扭曲变形。你大吼一声,滚。

外乡人吓坏了,说,对不起,大哥,对不起大哥。然后撒腿就跑。

你开始自言自语地骂起来,这个该死的乡巴佬,真不懂规矩。黄家寨这个鬼地方,鬼地方!那天本来是去吃肯德基,结果,走到半路,父亲没有兴趣,就回来了。

他说,他就是在你的影响下长大的。你临终的时候口中喃喃自语,油菜花,油菜花。他问你,你说什么?你说,好香的油菜花,好黄的油菜花。把天都染黄了。

他一头雾水,什么油菜花?他问父亲,什么油菜花?什么好香的油菜花?

你弥留之际,意识突然清醒了,说,千万不要把你送回故乡啊!把你的骨灰撒到城市的公园里就是。

他现在终于在城市扎根,成了名副其实的城里人了。他还在一个机关当了科长,有了妻儿。双亲都老后,他还是感觉父母落叶归根、魂归故里比较恰当。可惜他不知道父亲到底是从哪里来的,父亲就是不告诉他来自哪里。他如同一个逃亡者的后裔,不知道故乡在何处。他终于在翻父亲遗物的时候找到了线索,一张过期的身份证。从这个身份证上,他知道了黄家寨。

黄家寨,这个让他激动的地方,他心跳加快,他可以听到血液流动的声音。此后,每天夜晚,他都听到故乡的召唤,像有一个人在遥远的黄家寨呼喊他,回来吧!回来吧!他想,一定要去黄家寨,看看这个梦中的故乡。他查了地图,知道了黄家寨在一个县城偏僻的小镇上。去,他终于在春暖花开的清明时节踏上了去故乡的火车。

于是,我和他在火车上相遇。

他告诉我,他身上背了双亲的骨灰,让父亲在故乡安葬。

我很好奇,问,你这样不是违背了你父亲的遗言吗?

他说,我知道,但我斗争不过自己的内心,我把父亲骨灰撒城市里,心里老感觉别扭,认为故乡才是他回去的地方。梦里老有一种神力在召唤我。

我说,你有故乡情结,你应该听从神的召唤,那是你的祖先在呼喊你。

他说,你跟我去黄家寨看看,研究研究民俗。

我欣然接受了他的邀请。

二

老者是黄家寨最老的一位老人了。老者目睹了黄家寨近百年的风风雨雨。这里的麻雀、狗、蚂蚁、人,都是老人的老朋友了。黄家寨原来是热闹的。人多事杂,好像一大群人没地方去,就聚在了这个小地方。黄家寨无大事,都是一些鸡毛蒜皮,不值得一提的事,但在黄家寨人眼中就算惊天动地了。谁家媳妇生个双胞胎;谁家孩子考上大学;谁家和爹娘分家单过了,都是新闻,没有电话,黄家寨人的信息也是迅速的、快捷的。以往,他们不知道外面的世界是什么样子,他们也不想知道,那些都和自己没关系,他们都过着自己的小日子,实实在在才是最主要的。有时候他们也

像小集团一样聚在一起喝酒,下酒菜也不是什么山珍海味,家常菜,酒也不是什么好酒。但他们依然很兴奋,仿佛酒就是他们的话匣子,喝着喝着话就稠了,话题也就广泛了。

不知道什么时候。黄家寨人开始慢慢地知道了外面的世界。走出去一个,又走出去一个。一个人走出去又回来了,他开始聊外面的世界,但又不像在聊,像在做勾引和诱惑的铺垫,最后一句话,终于露出了狐狸尾巴,说,兄弟,跟我出去混吧!乡下的日子太苦了。他把自己搞成了救世主的化身。在老人看来,日子过得平平淡淡,行云流水就很好。但那些出去的人,回来以后就变得不安分了,就喊着黄家寨日子苦,日子穷。他们像是受了黄家寨多少委屈似的。老人最后弄明白了,不是黄家寨日子苦,是外面的世界太精彩,太美好。黄家寨人就这样,老人一个个去了天堂,年轻人一个个去了城市。黄家寨在他们眼中,真成了逃亡的地狱。黄家寨人越来越少了。连自己的儿子也走了出去,这个浑小子,出去了就没再回来,老人每天用手指头计算着儿子离开的日子,一天,一天,又一天,后来是一月,一月,又一月,再后来就是一年,一年,又一年。现在老人算不清儿子离开黄家寨多少年了。年纪大了,糊涂了,只记得你走在阳光明媚的春日里,小路两边的油菜花这一年长得出奇的旺盛,黄色的小花开得那么张扬、霸道,把大地铺成了金黄色,仿佛也要把天染成金黄色,这灿烂的黄色照得老人睁不开眼,这花像在预兆你有个美好的人生,金黄灿烂的未来。你走到油菜花旁边停下脚步,摘下一朵花,用鼻子闻了闻,说了句,真香。然后就抛在了路边。

老人走过来,拍了下你的肩膀,说,你给我记住,老人的手指着油菜花远处的两个坟头,说,记住,那是你爷爷奶奶的坟,我们家的祖坟。

你望着两个快要让油菜花淹没的坟头,两个坟头在金黄色的海洋中,像两叶小舟,一起风,金黄色的海洋摇晃着小舟,要把小舟吞掉。你用手揉了揉眼,眼里有些雾气。

老人在后边把这一朵油菜花捡起来,放在鼻尖也闻了闻,很香,让他很陶醉,香得他舍不得丢了,就放在了上衣口袋里。那天他一直把儿子送到鲍镇的车站。

送走儿子,在回来的路上,老人把那朵油菜花从口袋里拿出来,在鼻尖闻了闻,香。放回了口袋,一会儿又从口袋拿出来,闻了闻,香。就这样,老人闻了一路的油菜花香回到家。到了家,老人还舍不得把那朵油菜花丢掉,想把它放一个瓶子里,才发现,油菜花已蔫了,老人才知道,这朵油菜花的魂走了,就和人一样,剩下一具干尸,万物和人一样,都是有灵魂的。油菜花的魂就是大地啊!离开了大地,油菜花的生命也到尽头了。老人看着这朵油菜花,悲怆感油然而生,脸上情不自禁地爬满了泪水。

在你以前曾经生活的这块土地上,老人都用上"从前"这个词了,但老人心里,仿佛儿子并没走远,昨天还在他身边呢!但又感觉,他像从来没有过儿子,只有他一个孤孤单单的老人,这种感觉在轮换交替。他想儿子,把头发想白了,也把胡子想白了,老人想象着儿子的现在,儿子可能混得很好,为什么呢?从儿子不回来看他,他就明白,这孩子是个心狠的角色,历史上,凡心狠手辣的角色都是可以干出一番惊天动地的事业来的,比如刘邦,在逃亡的时刻,把老婆孩子几次赶下马车,还有那个三国时期的曹操,说他可以负天下人,不能让天下人负他,够狠的角色,还有唐太宗李世民,可以杀自己的亲兄弟。儿子虽没杀他,可把老人遗忘,不

顾老人死活，让老人在想念中度日如年，还不如死了痛快，足见儿子心如蛇蝎，狼心狗肺，够毒够狠，这样的人不干出一点事业才怪呢！老人看不到儿子，就扎了一个草人，对着草人，在内心深处呼喊，顺子，快回来吧！

近年来，那些远离故土的漂泊者，有的终于回来了，他们像大海中一个无助的漂流瓶，被无情的大风大浪不断吹打，最后还是着了岸。有的是在矿上下井，遇难客死他乡；有的干建筑队，摔成了残疾人；有的被人欺骗得身心憔悴，狼狈不堪地回到故乡；还有的领老婆去城市享福，结果，老婆跟人家享福去了，自己孤孤单单地回到了故乡。这些回来的人，就常常聚在一起喝酒，聊外面的世界很精彩，外面的世界很无奈。醉了，开始骂城里人险恶，人心不古，偷盗抢劫，偷肾换肝，车祸连连，贪官污吏，坑蒙拐骗，美好的城市仿佛由好变坏只需要一杯酒。能活着回故乡，也算是不幸中的万幸了。那些客死他乡的，回来的就只剩下一把骨灰了，他们的阴魂飘荡在异乡的上空。他们感叹着，在异乡城市的夜空，有多少孤单的阴魂。

我和他来到了黄家寨，我跟他坐了两天两夜的火车，又在县城坐公交车到那个鲍镇，然后我们下车，在崎岖不平的山路上走了半天时间，终于到了黄家寨。这个与世隔绝的世外桃源，没人认识他，更不要说我了。这个真正属于他的故乡，却无人认识他，真是一件凄凉的事儿。我跟随他打探着，我们说他父亲的大名，也就是身份证上的名字，可是无人知道你，知道你的人都落叶归根了。我们最后终于找到了你的父亲。老人家看到你的身份证，就落泪了，说，顺子回来了。

我对他说，终于找到家了。

他喊着爷爷。

就让这没见过面的爷孙聊去吧。我走出了那个破旧的农家小院,在村里随便走了起来,我知道,得给他们时间,他们有太多的话说。等黑夜把这个村庄全部吞掉我才回来。回来的时候,老人不再这么悲伤了,他准备好了自家粮食酒,炖了农家的小笨鸡。他说,顺子这个孩子,有野心有胆量,可惜没能力。老人说,明天就把顺子埋了,要和祖坟埋在一起。我说,这样,一个人的一生就圆满了,了无缺憾了。

终于,你回到故乡了,尽管回来的只是一把灰。你本家那些侄子们给你挖好了地方,你应该幸福了,你和祖坟在一起,和列祖列宗们在一起。你父亲,这位白胡子老人,他找来了一位道长,说你的魂还在那个城市,还没回来,让道长给你超度,把你的魂召唤回来。召唤魂需要在晚上。阴魂晚上才能看见回家的路。你父亲用苍老的声音喊你的乳名,顺子,回家了!顺子,回家了!周围的草动了,起风了,天上的云动了,弯弯的月牙儿也动了,周围的庄稼也摇动了,它们在欢迎你回来呢!老人喊,我看到了,看到了,我家顺子回来了!我家顺子回来了!

这时,我借助月光看到前面有一片金黄色,我走了过去,是油菜花,馥郁的浓香毫不犹豫地就把我这个异乡客淹没了,我想起了我的故乡,听到来自天籁的召唤,我顿时感觉世界湿润了,周围的金黄色也亮起来,泛着金光。

叶枫和她孩子

叶枫把车开到了一条山路上，山路崎岖，如一条蛇盘在那里。车开得摇摇晃晃，吴昊天被颠得晕头转向，身子前后摇晃。他说，叶枫，你是个疯子，你把车开到这里来干什么？这宝马车是新的，不能颠的。

叶枫把车停在了山道上，掏出一根烟点上，然后吐了口烟圈，叶枫看了吴昊天一眼，说，你和她第几次了？

吴昊天说，谁？我和谁？什么第几次了？莫名其妙。

叶枫说，姓吴的，你别给我装傻。你和月林第几次上床了？

吴昊天惊慌了下，然后很快调整了下自己的情绪，说，一次，就一次，真的，就一次。

叶枫冷笑着，说，前面就是悬崖，你信不信，我会把车开到悬崖上去。叶枫发动了下油门。

吴昊天身子颤抖了一下说，你不要乱来，我们就一次。是每月一次，是她勾引我的。她说互相不干涉对方家庭的。

叶枫把半截烟从车窗甩了出去，说，姓吴的，你给我滚下去。不然我把你送到悬崖下去，让你粉身碎骨。

吴昊天一看这个女人疯了，吓得忙从车上跳下来，说，叶枫，你真的疯了。

叶枫发动了油门，车疯狂地朝前方奔去。一辆新款宝马车让叶枫开到了悬崖上毁掉了,同时毁掉的还有她多年的爱情。本来叶枫打算和车一起同归于尽的。但叶枫突然感觉肚子有异动,是的,她身上已三个月没来了,作为一个女人,她是敏感的。她知道有了。她打开了车门,在关键时刻,她从车上跳了下来。叶枫看着车掉进悬崖粉身碎骨,叶枫发出爽朗的笑声。这辆车是吴昊天送给她的订婚礼物,现在她的爱情已灰飞烟灭了,这车就当他们爱情坟墓里的陪葬品吧!

叶枫和吴昊天相爱多年,他们打算在今年国庆节举行婚礼。吴昊天是小城商界名人,他们的婚礼,自然在小城引起不小的轰动。现在叶枫突然和吴昊天解除婚约,让小城的人们百思不得其解。吴昊天身价过亿,叶枫在地方电视台当一个娱乐节目的主持人,是小城数一数二的美女,素有"万人迷"之称。最为震惊的是叶枫的父母,他们摸不着头脑。叶枫说,爱情如同雾里看花!叶枫不想把吴昊天见不得人的风流事抖出来,让人在背后说三道四。叶枫是个非常精致细心的女人。她发现吴昊天背叛她以后,也在心里说服自己,原谅他吧!原谅他吧!可是她心里原谅不了,这样心里老别扭,老有个疙瘩在心上解不开。最终叶枫痛下决定,与吴昊天分手。

叶枫的肚子一天天变大是隐瞒不了的。叶枫的父母说,你们解除婚约,那是你们的私事,我们也不好说什么,但你总不能未婚先孕,做个未婚妈妈吧。你一个黄花闺女家,带个孩子,怎么找对象,以后怎么让我们出去做人。知道吗?在外面,人的嘴比刀子都毒,冷言冷语我们受不了,让我们的老脸往哪里搁?再说,你这样做,也不符合国家政策。

叶枫冷冷地说,好,我给你们丢人,我出去住,总可以了吧。

叶枫为吴昊天多次流产。有一天发现自己眼角有了皱纹,才知道该要个孩子了。再不要就怕再也要不上了,老天好像专门跟她作对,她越想要,越是一次次地习惯性流产,这次怀上了,身上像藏了一颗珍珠,处处小心,生怕一不提防就会被人盗了去。现在大家都让她把珍珠交出来,她怎么肯,她感觉,大家对她的好,只是个面具,他们都是一群强盗。

叶枫真的从家里搬出去了,在外面租了一处房子。可事情没有叶枫想得那么简单,肚子在一天天变大,主持是干不了了。领导找她谈话,叶枫,傻孩子,你不能这样把自己毁掉,你知道吗?你的好生活才刚开始,你悬崖勒马还来得及。领导也是位女人,说得眼泪飞扬。

叶枫不为所动,她选择了这条路,就决定义无反顾地坚持走下去。叶枫知道,这样上不了班,便请了长假,静心地等待孩子的降生。

母亲过来看了她几次,每次都是伤心地来,老泪横生地回去。没招儿,母亲想,是否和吴昊天还有挽回的余地,这样也可以挽回局面,但吴昊天来,叶枫连门也不开,都给骂了回去。

这次,母亲又来了,母亲在心里说,主啊,我是没办法了啊,原谅我吧!母亲是信仰上帝的。这次母亲给叶枫送来了排骨汤,母亲说,枫,你要把这个孩子生下来,娘不拦你。你把孩子生下来,娘给你带大。

叶枫是这段日子听到最温暖的话,她紧紧抱住娘,哭了。

母亲说,你快把排骨汤喝了吧,凉了要拉肚子的。

叶枫把排骨汤爽爽快快地喝了,她不想让母亲看出她的不快。叶枫感觉自己有些疲劳,想睡一会儿。

母亲说,睡吧! 我的孩子。

当叶枫醒来的时候,发现自己躺在一张床上,周围很陌生,身边坐着母亲。叶枫问,这个是什么地方？

母亲说,医院。

叶枫说,怎么了？我怎么会在这里？她摸了摸肚子,空的。叶枫问,我的孩子呢？我的孩子呢？

母亲说,我这也是没办法,原谅妈吧,妈都是为你好!

医生也过来劝解,都说是为了她好,为了她前途着想。

叶枫大声疾呼,你们都是魔鬼,都是一群强盗,你们从我肚子里把我的孩子盗走了。你们口口声声说为我着想,你们为什么不为我肚子里的孩子着想。

母亲说,孩子,这是没办法的事,是孩子来得不是时候。同样的事,来得是时候,就是福,来得不是时候,就是祸! 你明白吗？我的孩子。

叶枫的心在慢慢发空,身体在发飘,下体阵阵地发疼。

叶枫被母亲接回家了,叶枫迷恋上了睡觉,只有睡觉,只有在梦中,孩子才会失而复回。孩子出来了,在某个角落玩呢。夜里叶枫常常从梦中醒来,说,我的孩子,我的孩子迷路了。她现在很害怕。有时候会梦见自己的孩子往一个深渊掉,里面黑暗无比。这个时候,母亲就会过来说,我可怜的孩子,你又做梦呢。

那个可怜的孩子不断在叶枫梦中出现,有时候,还梦见孩子在大火中,浑身上下都是火,烧得孩子拼命呼喊妈妈救命。

叶枫有一天起床了,自言自语地说,我的孩子现在很危险,很恐惧,我要去救她。

母亲以为叶枫是受了刺激,说胡话的。没有想到的是,叶枫

真的从外面从领回一个孩子,是个女孩,很漂亮,和叶枫长得非常像,很有母女缘。母亲吓坏了,不会是从哪里偷来的孩子吧。但一点儿也不像,她问叶枫,叶枫守口如瓶,什么也不说。

叶枫和孩子天天玩得很开心,孩子喊叶枫妈妈。叶枫满脸喜悦地答应着,不知道的人还以为叶枫就是孩子的母亲。

后来的一天,叶枫和孩子在玩捉迷藏,孩子喊着,妈妈快来抓我。从外面进来一群人,先是孩子看到这群人,孩子很恐惧,赶紧躲到叶枫的身后。叶枫问,你们是干什么的?

来人说,叶小姐,你是不是收养了一个孩子?

叶枫说,不是,这个孩子是我的。

后面过来一个女人说,她是我女儿,她不爱学习,我打她。她跑了出来,孩子是我们的。我们要把她领回去。

叶枫说,你们一定搞错了。叶枫把孩子领到女人面前,说,她是你妈妈吗? 孩子。

孩子说,不是,我不认识她。你是我妈妈。

那女人气哼哼的,一把抓住孩子的手臂,说,你这个死妮子,你不好好学习,偷跑出来,还在说谎,看我不打死你。

叶枫夺过孩子,说,这个孩子是我的,谁也不能碰她。

孩子在叶枫和女人的争夺中,吓得哭喊,也许是女人力气大了点,占了上风。孩子被女人拖出很远。

叶枫发疯似的喊,还我孩子。不知从哪里来的勇气,叶枫从屋子里拿出一把刀,追上那女人,还没等女人反应过来,就连砍数刀。

叶枫被警察抓走了。女人被砍了要害,送医院就死亡了。

叶枫被判了死刑。叶枫的过激行为,找律师也许可以判死缓。但叶枫没找律师,也没有上诉。她说,世上已没她留恋的东西了。

执行死刑的那天,是在一个长满野花的山坡上,叶枫发现这个地方很熟悉,原来,这个地方前面就是悬崖,就是宝马车粉身碎骨的地方。叶枫隐隐约约地看到远处一个孩子向自己奔跑过来,喊着妈妈。

枪响了,叶枫倒下了,脸上微笑着,很幸福的样子。

女孩的湖

文雅今年十六岁,十六岁的文雅喜欢上了雨季。文雅躺在床上,聆听窗外的雨声。隔壁的房间传来了琴声,是钢琴,琴声、雨声混杂在一起,琴声显得幽怨而孤独。文雅知道,是母亲在弹琴,母亲总在下雨的时候弹琴,仿佛世间没了知音,唯独这雨可以听懂。这让文雅常产生幻觉,母亲就是古时候,那满怀幽怨的女子在高楼独奏,在等待着自己的情郎归来,但情郎已金榜题名,一去不复返了。母亲的魂魄在一条官道上游荡,呼喊着情郎的名字。

在文雅的眼中,母亲是个不可多得的才女,弹琴、绘画样样会。现在的世道,那只是在古典文学里想象出来的奇异女子罢了,可是文雅感觉,母亲就是从唐朝转世的一位奇异女子。在学校里,同学都赞美文雅的美丽,文雅陶醉在赞美中,但没忘记感谢母亲,是母亲美丽的基因传给了她。

文雅班上一个女同学自杀了,原因是父母离婚,女孩承载不了这种压力。女孩在遗书中说,她要用这种极端的方式,来讨伐父亲对她不负责的行为。班上还有几个父母已离婚的同学,在一个多雨的季节,她们相约去划船,船到了湖中央,天就下了暴雨,雨说下就下,她们一点准备都没有。她们被突如其来的暴雨吓得逃进船舱,她们望着湖面发呆。

她们说自己是湖水,被突如其来的雨水打得浑身是伤,支离破碎。

后来,艾慧问文雅,你爸爸是不是很有钱?

文雅说,我爸爸是一家大公司的董事长。

艾慧说,你爸爸天天回家吗?

文雅说,回家啊,天天回家,有什么问题吗?文雅可不想把家里的真实情况告诉外人。

艾慧说,那就好,男人有外遇都是从不回家开始的。我爸爸开始就是不回家吃饭,慢慢不回家过夜。结果,就有外遇了,和我妈离婚了。文雅,你爸爸要是不回家,你可要小心了。

文雅说,我爸爸不是那样的人。

艾慧的话像一条鱼,轻而易举就钻进了文雅的湖里。

文雅躺在床上,艾慧的鱼已在文雅的湖里成长,在湖里伴随雨季的到来,快乐翻滚。这样闹得湖很不安宁。

文雅做出一个大胆的决定,跟踪父亲,用事实来证明父亲的清白。

文雅的跟踪是从一天傍晚开始的。文雅找到父亲的公司,经过打探,知道父亲出差了。文雅天天就在公司门口不远处守候,像个侦探似的,但绝不能让父亲看到她,要不就前功尽弃了。

父亲是在一天下午出现的,父亲开车出了公司,一眼就让文雅盯上了。那个车号她太熟悉,那正是父亲的车,文雅让出租车跟紧,文雅像影子一样跟踪父亲来到一个小区。父亲下了车,就钻进了一栋楼,文雅通过楼道的窗口看到了父亲走进一间房间。文雅记住了这个地方,这一切还不能肯定父亲有外遇。文雅想,哪天要亲自来验证里面的情况,眼见为实。

　　在一天中午,文雅再次来到这个小区,文雅把自己扮成一个化妆品的推销员,她敲开了父亲进去过的那扇门,果然是个女的给她开门,那女的也就四十岁的样子,但外貌平常,没什么可圈可点之处,和母亲根本不是一个档次的女人,但女人穿着很好,一副贵妇人的打扮,那女人让文雅进去了,文雅漫不经心地给她推销在超市买的一套化妆品,一边用眼睛快速扫射着这个客厅,客厅很大,装修豪华。在那女人给文雅倒茶的时候,文雅通过半敞的卧室看到一副婚纱照,婚纱照上的男人正是自己的父亲,女人正是现在这个女人。婚纱照比现在年轻许多。文雅突然感觉自己湖里的鱼翻滚跳跃起来,文雅随便对那女人说,阿姨,这套化妆品是免费试用品,如果你感觉好,可以跟我联系。然后,文雅快速逃离了这里。

　　文雅在自己家的浴池里,拼命地冲洗自己,冲洗自己所有的记忆。文雅不相信这一切都是真实的,情愿相信这一切都是虚无的。母亲这么漂亮,绝对是能够吸引住父亲的女人。但那个贵妇人已游进了文雅的湖中,游得格外欢畅,游得让文雅无法拒绝。

　　接下来的日子,文雅上课老走神,文雅真的承载不了这么多的压力。后来,文雅终于想明白了,不管那是个什么结局,她都要把看到的真实的情景告诉母亲,她不能让母亲做个被骗者。

文雅和母亲吃完晚餐后,终于把看到的一切告诉了母亲。文雅尽量把语气放缓放轻,文雅知道,自己说的话就是一把把利剑,毫不留情地刺向手无寸铁的母亲,然后,母亲会浑身是血地倒下。自己就是杀害母亲的罪魁祸首。一把把利剑刺向母亲后,她不敢看眼前悲惨景象,她便用手捂住双眼,失声痛哭。

母亲没有文雅想象的那样,被刺倒,被刺伤。母亲过来,用那细嫩的手抚摸她的头发,抚摸得很仔细,很温暖。

母亲说,孩子,我把真相都告诉你吧!其实,我和你爸认识的时候,我就知道,你爸和那个女人结婚了。我很爱你爸,知道吗?孩子,爱一个人,做他的情人也是一种幸福啊!

母亲说,我和你爸是有爱情的,知道吗?是有爱情的。母亲像是在对她说,又像在自言自语。

这时候,窗外又雷声大作,母亲说,今年夏天的雨真多啊!

文雅感觉心中的湖已经泛滥。

数天后,文雅离家出走了。

在车站,售票员问她,你要去哪里?

她说,有大海的地方。湖水泛滥是要流向大海的。

售票员说,有大海的地方很多,你要去哪个大海?

文雅说,随便!

剿　匪

这天天很好，周连长的心情也很好，他走出营帐，看着远处的龙山，山顶上飘着青烟，周连长笑了笑，对身边的警卫员说，让土匪今天吃上最后一顿饭吧！我们不能太不地道，让他们吃饱了上路，总比当个饿死鬼强。警卫员说，连长决定了？

周连长说，决定了，今晚端了土匪老窝。

龙山是善州最大的一座山，山上住着一窝土匪，他们常常下山欺男霸女，抢劫钱财，让当地老百姓苦不堪言，上面来了人，打算把他们编成一个小分队，去打鬼子。可是好话说尽，他们就是不听，还是依然下山残害百姓，没法儿，上面派周连长率兵过来，剿了他们。

晚上，周连长率部队进了龙山，把土匪打得措手不及，死亡惨重，没死的都逃到了另一座山上——莲青山，莲青山离龙山有三十里路，据当地的老百姓说，莲青山还有一窝土匪。

周连长他们打开了地牢，有个专门关老百姓的地牢，周连长放出了被关的百姓，他们都欢天喜地地回家了，但有一个姑娘不肯走。姑娘约莫二十多岁，很好看。周连长说，姑娘，你可以回家了。姑娘不说话，光哭。

周连长说，哭什么？回家吧！

姑娘说，我没家。

周连长说,没家? 你从哪里来的?

姑娘说,我从小父母双亡,跟哥哥相依为命。哥哥被土匪打死了,我被拉上山来,他们让我当压寨夫人,我死活不答应,他们就把我关押起来。

周连长问周围的百姓,谁认得这位姑娘?

大伙都摇头。

周连长无奈,问姑娘,你打算去哪里?

姑娘说,我无亲无故的,一个女孩家能到哪里去啊?

大伙都说,周连长,让这姑娘跟你们走,到时再想办法。

周连长没法儿,只好这样了。

姑娘跟随了周连长部队。后来大家知道,姑娘叫梅儿,大伙从此就喊梅儿妹妹。

梅儿很勤快,帮周连长他们洗衣服做饭,什么活儿都抢着干,这让周连长很过意不去,说,梅儿是个好姑娘,等打跑了土匪,我一定给梅儿介绍个好婆家。

这样一说,梅儿的脸就红了,说,你们再这样说,我就不理你们了。

周连长没事儿就给士兵们上教育课,什么共产党的部队是穷人的部队,是来保护老百姓的,可不能像土匪一样,欺负老百姓,谁欺负老百姓,只要让我逮住,我手里的家伙可是不长眼睛的,周连长把手中的枪朝天上晃了晃。这个时候,梅儿也在一边听,周连长就让她坐下一起听。

时间久了,梅儿对周连长这个人有了更深的了解,渐渐地有些喜欢周连长,认为找男人就该找周连长这样的,梅儿心里装了些心事。

一天空闲,梅儿问周连长,为什么不找老婆?

周连长笑了,说,穷,谁跟?

梅儿羞羞地说,你以后打算找个什么样的?

周连长深思了半晌,才说,没想过,真的没想过。

梅儿说,连长说话不实在,真的没想过?

周连长点了点头。

梅儿说,假如一个姑娘喜欢你,但这个姑娘的过去很不好,你要吗?

周连长笑了,说,不和你瞎聊了。

莲青山那边的老百姓又来向周连长反映,土匪又在莲青山下欺男霸女,抢劫钱财了。周连长当场火了,决定攻打莲青山。周连长率兵在伸手不见五指的夜晚进入了莲青山,这次行动是相当保密的,但不知道怎么回事,土匪早有埋伏,周连长的部队顽强抵抗,和土匪在山上杀得激烈而悲壮,这一仗一直打到天亮,我军伤亡惨重,周连长身负重伤,几次差点昏厥,子弹都已经用完。这个时候,一把枪顶住了周连长的后背,那个人说,周连长,想不到吧!你们这次中了我们的埋伏,你知道为什么吗?

周连长疑惑了。

那个人说,你知道梅儿是谁吗?她是我女儿,当时你把我们打得措手不及,我怕梅儿跑得慢,就把她装扮成了村姑,没想到,你们收留了他。

周连长冷笑了下,说,原来是这样,怪不得你们知道我们突袭,原来你们有卧底。

那人说,好了,周连长!该知道的你已经知道了,不和你啰唆了,我这就送你上西天。

梅儿匆匆地跑了过来,说,爹,你答应过我,不伤害周连长的。

那人说,我答应过你吗?我怎么不记得?不要忘记我们的身份,我们是土匪,土匪讲信用吗?

梅儿哭了,说,真没想到你是这样的人!说罢,梅儿从腰间拔出枪,说,只要你伤害周连长,那就不要怪我不客气了。

那个人说,混账,你威胁你爹。我这就把姓周的毙了,说完要扣动扳机。

只听一声枪响,梅儿的爹倒下了。

周连长转身,说,梅儿,你杀了你爹!

梅儿流着泪,说,我没有当土匪的爹!

周连长流血过多,昏迷过去。

梅儿抱住周连长,哭得眼睛都出了血,梅儿说,都怨我都怨我,我不该给我爹报信的。

周连长紧紧抓住梅儿的手,渐渐地松了,他想说什么,但终究没说出来,他嘴角动了动,这一动在梅儿的心中成了永恒。

梅儿埋葬了周连长,从此不知去向。后来听说,鲁南地区出现一位抗匪的女侠,神出鬼没,枪法如神,有人说那女侠像极了梅儿,有的说就是梅儿。